愛は死ぬ

永沢光雄

リトルモア

愛は死ぬ

永沢光雄

リトルモア

ボーイ募集
日収 15,000円以上
年令 18~25才
給料 日払い
寮完備

愛は死ぬ

目次

ちょっとは面白かった日々

大学病院の耳鼻科の待合室のソファに妻と共に座ること三時間以上、ようやく名前を呼ばれて鼻から内視鏡を入れられ、いとも簡単に、頭頂部まで禿げた男性医師から「ガンだね」と告知された時はさすがに少々動揺したが、すぐに不思議な感じに私は包まれた。自分を含め、診察室、いや病院全体、いや、外で夏の暑い風に吹かれている人々までもが一挙に点描画の風景のごとく見えたのである。自分がぽんと地球を離れ、そしてどこか遠くで青い天体を眺めている感じ。その天体では、激しく辛い失恋をする人がいたり、人を殺す人がいたり、大好きな彼女に思いきって結婚を申し込んだら意外にも快諾の返事を貰い狂喜乱舞している男、そしてたった今、ガンを告知されている人もいる。愉快なものだな、と私は思った。やはり、世界は、素晴しく面白い。

「今日から入院して下さい」、医者は言った。「一分後にも呼吸困難に陥る可能性があります。つまり、死ぬってことです」

ちらっと妻の横顔を窺うと、彼女は丸い顔を青褪めさせて一筋の涙を流していた。結婚して十余年、初めて目にする妻の涙は、実に大粒であり、それはぼたりと診察室の床にまるで音を立てたかのように落ちた。いや音を立てた。医者の横に佇んでいた若い、ショートカットの看護婦が慌てて妻の肩を抱いた。妻は何やら頷きながら、自分でもびっくりしたのだろうか、思わぬ涙を拭っている。かわいそうに、私は思った。

「入院は、四日後にしてくれませんか？」

私は妻の涙をちらりと見ながらも表情を全く変えなかった医者に言った。さすがに心の準備ができていなかったし、何人かの編集者と約束をしている原稿書きの仕事の断りもしなくてはいけない。

私がそう説明すると、医者はふーっと溜息をつき、

「ま、強制はしませんが、呼吸ができなくなったら、すぐに連絡をして下さい。四日後には必ず入院ですからね。最低でも三ヶ月の入院になります」

私の喉の中には、毒キノコを思わせるような白い立派な腫瘍ができていた。いつの間にこんな物を育てていたのだろう。園芸の趣味もないのにさ。

病院を出、地下鉄に乗った二人はしばらく無言だった。この雰囲気はいかんな、そう思った私は吊革に身を委ね、なっちまったもんはしょうがねえよな、今更くよくよしたってどうにもならねえよな、と言った。強がりではなかったと思う。ガンという病気をまだ認識してなかっ

たのかもしれない。しかし、妻は私の言葉を聞き、ぱっと目を輝かせて、そうだよ、なっちゃったもなあ仕方がないよ、あとは頑張って生きるだけだよ、とそれまで青かった顔を赤らめさせた。焼酎を買って帰ろうか？　うん、私は答えた。渇いていた喉が、変な物を育てている自分の喉がごくりと鳴った。

私は、妙に明るかった。わくわくしていたのである、自分がガンであることに。

ここ一年ほど、私は自分と自分の仕事に、どこか退屈していた。勤務していた出版社を辞めてフリーライターとなり、早や十数年。自分なりに懸命に原稿を書いてきたが、ここ最近、ふと気づくと胸の中にぽかーんと穴が開いていることが多くなった。念願だった小説本を出せて気が抜けたのかもしれない。四十歳を越えて、人生がいつの間にか残り少なくなっていることを肌で感じたからかもしれない。とにかく日を追うごとに、体の中の穴ぼこが大きくなっていった。酒は毎日飲むのだが、別においしくない。このままじゃ、やばいんじゃないかな？　なんとか自分を活性化させる方法はないものだろうか。そう思いはじめた矢先に、ガン、である。これ以上に刺激的なことはなかなかないだろう。ガンに罹《かか》ること自体は今の時代、別に特別なことではないが、しかしやはりそれが自分に舞い降りたとなると、特別である。なんで私だけが、なんてことはこれぽっちも思わなかったが、その代わり私は昂揚した。淡々と流れていた時間の中に突然訪れた珍客！　さすがに、ようこそ、とまでは言わなかったが、まあ、いたいのならゆっくりしてってってくれという感じ。話もじっくり訊いてみたいし。

焼酎を買ってアパートに帰った私は、二十年来の友人の編集者のもとへ妻に電話をさせた。すぐに来い！　時間は昼の二時、相手はサラリーマン。迷惑なのは百も承知。でもガンなんだもん、多少のワガママは許されるだろう。

妻の声から今までにない雰囲気を察したのだろう、忙しいであろうに友人はすぐにタクシーで飛んできた。私はもう焼酎入りのグラスを傾けている。

黙ったまま私の前に座った友人に、私は笑って言った。

「俺、ガンになった」

友人は顔色ひとつ変えず、「そうだと思った」と答えた。そんなことでもなければ、こんな時間に呼び出さねえもんな。

「まあな、俺も一応、常識ある社会人だからな」、私は言い、友人の前に置かれたグラスに焼酎を注いだ。二人は無言でグラスをかちりと合わせた。妻は台所で枝豆を茹でている。

「どこのガン?」、友人は尋ねてきた。

「なんだっけ?」、私は妻に訊いた。

「下咽頭ガン」、茹であげた枝豆を大皿に盛ってやって来て、妻が言った。

「え、肝臓じゃないの?」、友人が驚いた声をあげた。

「うん、俺もガンになるんだったら肝臓だと思ってたんだけどなあ」

「不思議なもんだな」

「ああ、不思議なもんだな」

二人の会話を聞いていて、妻が甲高い声で笑った。


その後、四、五人の編集者に会い、したたかに飲み、私は入院した。よく覚えていないのだが、二日後に私はアルコール中毒の禁断症状と呼吸困難を起こし、大変な騒ぎだったらしい。深夜に妻が電話で病院に呼ばれた。御主人が呼吸をできるための応急処置をしてよろしいですか? 当然、妻は頷くしかない。自分の夫が喉をかきむしってベッドの上で体を激しく上下させているのだから。

目を覚ますと私の呼吸は楽になっていた。その代わり、喉に小さな穴が開いていた。その穴から呼吸をしているわけだ。だがそれはガンの手術ではない。穴にはガーゼが被せられ、その上から指で穴を押さえると声が出る仕組み。ショックではなかった。面白いものだなあと思った。かねがね私はどんなプロフェッショナル、編集者でもレイアウターでもタクシーの運転手でも医者でも、その人の言うこと、やることには素直に従うタチなのである。

私は十三階の病室の窓辺に立ち青空の広がる外を眺めた。正面には灰色の都庁舎が陰気にそびえ立ち、顔を左に向けるとはるか彼方に富士山が小さい姿を見せていた。路上では多くの人々が足早に歩き、私はベッドに戻りテレビのスイッチを押した。どうやら、アメリカとイラクの間での戦争が近づいているらしい。私は横向きになり、少しうとうとした。

入院生活は意外に快適だった。部屋は個室だったから他人に気を遣うこともないし、医者も看護婦も、こちらが気の毒になるぐらい優しく接してくれた。こりゃ、よっぽどストレスが溜まるだろうなあ。新宿二丁目のゲイバーで、ここの病院の看護婦たちがマイク片手にべろんべろんになるまで歌いまくっていた光景が納得できた。

ただ弱ったことが一度あった。妻が病院にいる時、以前に交際していた女性が二人、噂を聞きつけてまさに偶然同時に見舞いに現れたのである。花束を持って。どう紹介すればいいのか、何を四人で話せばいいのか、なにせこちとらシラフの身、ベッドから逃げ出したくなりしどろもどろとなった。人間、分不相応にみだりに恋などするものではない。

入院して一週間後、点滴で抗ガン剤を四日間ぶっとおしで打たれた。髪の毛が抜けたり吐き気がしたりと副作用が激しいですが、頑張って下さいね。

しかし、副作用は全くやって来ず、私はピンピンして点滴をぶら下げながら院内を歩き回っていた。その代わり、ガンに対しての効き目も全くないことが判明した。喉の腫瘍が頑として居座り、ほんの少しも縮小する気配を見せなかったのである。

「手術に踏みきりましょう。このまま抗ガン剤を使用し続けても、あまり期待は持てない」

担当医師が私と妻に告げた。手術は二週間後。それにかかる時間は、おおよそ十五時間。手術の仕方を詳しく説明する医師の前で神妙に聞くふりをしながら、実は私はそのほとんどを聞き流していた。誰か他の人の話にしか聞こえなかった。失礼だが、それはあなたの仕事。こっちは全身麻酔を受けるのだから、手術中のことなど知る由もない。失敗したら、それまでのこと。窓の外の空は高く澄み渡り、秋が近いことを知らせてくれていた。

それからも私は気楽に過ごした。妻や見舞いに来てくれた人と笑い合ったり、テレビの二時間ドラマをじっくりと鑑賞したり、看護婦さんの恋の悩みの相談に乗ったりと、けっこう多忙な毎日だった。手術のことなど考えなかった。自分はまな板の上の鯉。あとはプロの手に任せるのみ。

手術の日が迫ってきて、私は二日間の外泊を許された。

久しぶりにアパートに戻った二日間はあっという間に過ぎ、たちまち二日目の夕方、病院へ戻る時間となった。私は妻に提案した。

「病院に戻る前にDの所に寄っていこうよ」

Dとは友人で、新宿二丁目でタコス屋を開いている。いいわよ、でも長居しちゃ駄目だからね。わかってるよ、そんなこと。

私と妻はDの店のカウンターに座ると、私はテキーラ、妻はビールを注文した。そして二人でビーフタコスを頼んだ。気分は相変わらずゆったりしていた。

ところがである、テキーラを飲み、タコスを口にした瞬間、私の体を四十三年間味わったことのない恐怖が急激に襲ったのである。

手術への恐怖ではない。聞き流していた医師の言葉の中の一節が――多分、無意識のうちに封印していたのであろう――頭の中に響いたのである。

「術後は、集中治療室で、三日、いや四日は両手両足を縛らせて貰って横になっていただきますよ。身動きされるとせっかく手術をした首がずれて大変なことになりますからね」

嫌だ！　そんな自分の姿、想像しただけで耐えられない！　三分だって耐える自信がない。それが四日間！　嫌だ！　嫌だ！　嫌だよう！　私は体が震え、どっと両目から涙が溢れ出た。行きたくない！　病院になんか、行くもんか！　そんな経験をするぐらいなら、このまま死んだ方がいい！

妻の叱責と、Dや周りの客たちの激励でなんとか私が病院に戻ったのは、それから四時間後だった。病院では手術予定の患者が帰ってこないということで、婦長以下、医師たちまでもが大慌てをしていた。でも、私の涙は乾くことはなかった。

集中治療室からやっと出され病室に戻った私に、茶髪で二十八歳の、四歳下の売れないミュージシャンとの恋で悩んでいる看護婦が天使のような笑顔で言った。

「ＩＣＵ（集中治療室）を体験したら、これからの人生、何があっても生きて行けますよ」

うん。声帯を取られ声を失った私は、でも、うん、と答えた。そして、ありがとう、と礼を言った。

青空の下での私

「軽い胃潰瘍ですよ。まあ、大事をとって入院して貰いましょうか、いや何、なんの心配もありません。検査入院みたいなものです。ハッハッハ」と医者に笑い飛ばされて、ああそうですか、良かった良かった、と心から喜べる人間はどれだけいるだろうか。芝居の舞台の上でしか見ることのないような中年男の医者の笑顔——何がそんなに楽しいのだろうか、そんな笑顔が浮き出るほど愉快なことがこの世にあるだろうか——長年のクレゾール臭が空気どころか壁や床に染み付いている診察室、無表情で忙しく立ち働く看護婦、だが患者と相対する時は実に見事な豹変、君は化け物かと驚くぐらいの満面の笑みを見せる看護婦。

こんな場所でCTスキャンを受け、胃カメラを飲まされ、「軽い胃潰瘍ですね、ハッハッハ」の言葉はどれほど真実味を持つだろうか。実際、私が検血と検尿を受けてエレベーターを降りて診察室に戻ると、廊下で妻と医者が何やら喋っていた。ただならぬ雰囲気を感じ、私はさして用もないのにトイレに入った。そして洗面台の鏡を見た。おやおや、いつの間にこんなに顔中あっちこっちに自分勝手に髭が伸びたのだろう。だが考えてみれば、二ヶ月前、胃のあたりにシクシクと痛みを覚えてからはいっさい仕事をしていない。本業である文筆業をしていない。いや、自分で本業と思い込んでいる文筆業をしていない。いや、コンビニエンスストアで汗を流している妻もせせら笑う私の本業をしていない。一字も書いていない。それより前から自分の中に書くべきものが何ひとつ無いことを薄々感づいていたが、そこにやって来た胃の痛みである。変な話だ、これは幸い。私は自分で言うのもなんであるが、小心者である。頭痛とか耳鳴り、そんなものをおして、机に向かえるような男ではないのである。痛みに甘える。妻に甘える。だって僕、痛いんだもん。こんな状態で文章なんか書けるわけがないもん。今回はそれが、胃だよ！　ガンだ！　ガンに違いない。私はその自分に舞い降りた悲劇に妙に興奮した。未だにあの時の感情はわからない。もしかしたら、狂喜していたのかもしれない。不安の裏返しとして。私は焼酎をかっくらいつつ、かたっぱしから友人に電話をかけた。十年前つき合っていた女性にまでかけた。俺、胃ガンなんだ！　本当だよ、入院するんだぜ！

　馬鹿じゃないの。そんな私を横目に妻が呟いた。先生がちゃんと胃潰瘍だっておっしゃったでしょ。そんな嘘を言いふらして、後で収拾がつかなくても知らないからね。

　わかる。妻よ、君の辛い心はわかる。だって地球上でたった一人、君だけが小さな真実を告げられたのだからね。もし私が同じ立場であったら、君のようにいつもどおり、普通の顔をしてそうやって御飯を炊いたり掃除をしたり、日常生活を送る自信はない。動揺のあまり、一日中涙を抑えることのみで必死だろう。

しかしその半面、やはり腹は立つ。なにせこちとらガンなのである。十年前に結婚して以来、風邪ひとつひいたことのない君に、私の気持ちがわかってたまるか！

「だから、あなたは胃潰瘍なんだってば！　ガンなんかじゃないの！」

「馬鹿！　テレビドラマでも主人公が胃潰瘍の場合は、必ず胃ガンだろうが！」

診察を受けてから四日間、私は体中の毛穴から染み出すくらい焼酎を飲んだ。そして有難いことに驚くほど多くの友人がやって来てくれた。件の十年来の女性も顔を出してくれた。なんか、お祭のような四日間だった。

そして私は妻に促されて大学病院に入院した。病院側としては最初、私を六人部屋に放り込む予定だったようだが、私は無理を承知で医者に懇願した。絶対に個室にして下さい。自分は面識のない他人と同じ部屋では眠れません。これだけは自信があります。もし個室でなければ私は入院しません。

断られるのを覚悟して口にした言葉だったのだが、意外にも病院は優しかった。個室は全て埋まっていたのだが、その中の一人の患者さんの了解を得、二人部屋に移って頂き、めでたく私は十三階の個室の住人となれたのである。誠に迷惑な入院患者と言わねばなるまい。

だが、病院側のその配慮……やはり私は……自分がガンであることを確信した。

入院初日から、看護婦たちがびっくりするぐらい、友人たちが訪れ、個室の中はむせかえるほどの花束で一杯になった。よほど人々への私のガン宣告が功を奏したのだろう。けど、そんなに嬉しくはなかった。窓外には青空が広がり、都庁ビルをはじめ、多くの高層ビルが林立している。私はその、なんともSF的な風景をベッドの中からぼけっと眺めていた。なんだか、持ち込んだ本を読む気にも、CDを聴く気にもなれなかった。

午後十時に面会時間が終わり（相部屋は八時である）、妻が、じゃまた明日、病室を出ていき、私は一人っきりになった。つくづく、自分は一人ぼっちなんだな、と感じた。この実感から逃げるために、私は酒を毎日飲み続けていたんだなあ……。

今まで二十年以上もアルコールの力を借りてなんとか眠ってきたこの身。そうそう簡単に眠れるわけがない。部屋には花がうなりを上げるほどあるが、酒瓶はなぜか一本もない。

私はベッドの脇にぶら下がっているナースコールのボタンを押し、どうされました？　あっという間に部屋に姿を現した二十代後半らしい看護婦に、どうにも眠れそうにないと訴えた。

彼女は睡眠薬を処方してくれた。やれやれ、これでなんとか眠れる、明かりを消した部屋の中で胸の上に両手を組み独りごちた。普段なら、やっと友人たちと飲み屋で盛り上がりはじめる時間である。夜はこれから……。今日も彼ら彼女らは、各所の自分たちが常連のバーで口角泡を飛ばして意味のない議論をしたり、わけのわからない嬌声をあげているに違いない。ふっふっふ、私は急に自分が健康になった気がしてほくそ笑んだ。不思議に酒を飲みたいとは思わなかった。私はシラフで夜を迎えて、そして眠りに落ちるのだ。一瞬、自分が入院していることを忘れた。生まれて初めて自分がまっとうな人間に思えた。

折りたたみ式のカーテンを開けたままの向こうの夜空には、東京には珍しく無数の、とまでは言わないが、かなりの数の星が光っていた。

ところが希望に反し、私に眠気はやって来てくれなかった。それどころか、妻と共に病室のテレビを眺めていた時よりも、頭の中が冴えざえとしてくるのだ。これには困った。どうしたんだ、睡眠薬！　お前の力を発揮してくれよ。初めての部屋で私は不安に包まれた。体がガンと連日の飲酒での疲れで睡眠を欲していることはわかる。本当に眠りたいのだ。なのに、なぜ脳はそれに追随してくれないのか？　どうして逆らうのか？

一時間、二時間と経ち、私の心の悶々は膨れに膨れあがった。どうしよう……寝返りをうった時、私は体の異変を知った。呼吸が苦しいのである。あれ、どうしたんだろう？　そう考えているうちに、事態は尋常ではなくなってきた。体全体が硬直し、顎が天井に向かって限界まで上がり、どう力を入れても下がらなくなり、そして息が全くできなくなったのだ。

やばい！　このままでは死んでしまう！

私は固まったままの体を脂汗を流してなんとか逆向きにし、ナースコールのボタンを震える指で押した。

さっきの看護婦が部屋のドアを押し、蛍光燈のスイッチをつけ、「どうされました？」、先程とは違いやや焦った表情で訊いた。しかしこちらは声も出ない。ただひたすら必死に自分の喉を指さすだけ。看護婦は異常を察し、「ちょっとお待ち下さい。今、先生を呼んできますから」、深夜の病院の廊下を駆けていった。スニーカーの音が響き、遠ざかっていった。

来たのは多分私より若いであろう、三十代の精神科の男性医師だった。彼は来るなりペンライトで私の両眼を見、両手両足に触れ、「アルコールの禁断症状だね」、実につまらなさそうに、上から人を見下げるように（事実位置関係はそうなのだが）おっしゃり、私はとてつもなく恥ずかしくなった。歳下の白衣を着た男から、「あんたは人として最低だよ」と言われた気がしたのである。事実、彼の胸の中ではそうだったろう。ガンなんかより、アルコールの禁断症状の方がずっとショックで、数万倍も恥ずかしいことを知った。

白衣の男は私の左肩に小さく細い注射を打つと、まったくもうやれやれ、といった虚しさを全身から発し、踵《きびす》を返して帰っていった。私は嘘のように呼吸が楽になり四肢から力が抜け、深い眠りへと入った。

二日目はびくびくと心配していた禁断症状は起きずに眠ることができた。夕べの出来事を病室に顔を出した妻に告白することはなかった。それくらい恥ずかしかったのである。

三日目、四日目、五日目、一日に一度だけ担当医師が顔を出し、「調子はどうですか？ とにかくこの病気は安静が大切ですからね、何も考えずにのんびりして下さいね」と笑うだけで治療らしい治療は何も行われなかった。酒を口にせず、なのに何も考えずにのんびりするというのは、意外に力仕事で難しいことだった。ベッドに据えつけられたテーブルの上の時計の針の動きが毎朝、ジュラ期から始まる気がした。二十一世紀になるのはどれだけのんびりすればいいのか？　一日中、私はテレビを眺めて過ごした。毎日、ワイドショーでは誰かが殺され、再放送の二時間テレビでは誰かが海べりで自分の犯行を必要以上にこと細かく自供していた。みんな、大変なんである。

六日目、さすがに時間を持て余し、一本ぐらいはいいか、病院の隅の隅のそのまた隅にオマケのように造られたプレハブ建ての喫煙所に行った。ふーっ、久しぶりに白煙を肺に送り込んでいると、六十歳は優に越えている女性が私と同じパジャマ姿で入ってきて私の横に腰を降ろしロングピースを口にした。彼女のパジャマはピンク、私はブルー。女性は、肝臓ガンだと自己紹介した。そして言った。

「末期のガン患者はなんの治療もされないんだよね。死ぬ前におざなりにちょっとお腹を開いて、何もせずに閉じてそれでお終い。若い人は特にそうだね。ほら、若いだけにガンの進行が早いから」

私の指の間からハイライトが床に落ちた。

やっぱり、そうだったのだ。

病室に戻りベッドに横になった私は、天井を見上げて考えた。自分はもう死ぬ。死ぬ前に何かできることはないだろうか？　仕事？　いや、それは精神的にも肉体的にも無理であろう。じゃ、何がある？

その時、私の頭の中に一人の女性の名前が浮かんだ。

ニシノユミ。

中学二年生の彼女のセーラー服姿が天井に見えた。体育の時間に、その下半身をぴったりと包んだブルマーも。

私の初恋の女性だった。最初は教室の隅、校庭の隅から、その恋心をどうしていいかわからずにただ彼女の姿を追っていた。人を好きになることが苦しいことであることを初めて知った。だが、なぜか彼女の方から話し掛けてきて、時には一緒に下校、挙句の果てには文通までするようになった。私、天にも昇る気持ちだった。しかし、何通目かの手紙のやりとりで文通は終わった。ニシノユミ、私のあまりの精神的な幼さにうんざりしたのだろう。

永沢君。わたしはあなたが思っているような女ではありません。今、この手紙、キムラ君の部屋でラリって書いています。ごめんね。さようなら。

私、岩波国語辞典と広辞苑をめくったが、「ラリる」という単語はなかった。私は「ラリる」の意味がわからないまま、さめざめと自室の二段ベッドの下で号泣した。上の段で三歳下の弟が不思議そうに兄を窺っていた。

あれから三十年。私とて何人かの女性と交際をし、ふられ、でもなんとか結婚できた。しかしその間、ニシノユミの卵型のなんとも可愛い顔を忘れたことはなかった。

ニシノユミ。現在どうしているのだろうか？　生きているのか、死んでいるのか？　どっちにしても、どういう人生を送ってきたのか？　考えているうち、おもむろにニシノユミの今までの人生を知りたくなった。ベッドの横で妻が見舞品のケーキにむしゃぶりついている。その妻に私は事情を話し、ニシノユミのあれからの足跡をたどるべく、私立探偵を雇ってくれるように頼んだ。妻はこういうことには寛容で——なにせ三十年前のことだからね——ケーキにはむしゃぶりつくが事務的なことには迅速で、その日の夕方には私立探偵が病室にやって来た。初めて見る私立探偵は私が想像していたのと違い——ボサボサの髪、レインコート、どこか世をすねた目——スーツをぴしっと決め、髪は七三、銀縁のメガネをかけていた。銀行マンが来たのかと思った。

私立探偵に調査を依頼して四日後、私は優しく、だが追い出されるように退院させられた。

私、本当に、たんなる胃潰瘍だったのである。

その翌日、髪を七三分けにした私立探偵がやって来た。

「病院を訪ねたらもう退院なされたということで、いやあ驚きましたよ。ガンだったのでございましょ？」探偵は言い、茶色の紙袋に入った厚い書類を私に手渡した。

「案外、簡単でしたよ。ニシノさんの人生を調べるのは」

「彼女は生きてるの？」

「はい。仙台で元気に……まあ詳しいことはこの文書に全て書いてありますから」

探偵に払った調査費は六十万円を少し超えていた。入院費より高かった。

私は、アパートのベランダでケーキにむしゃぶりついている妻に言った。

「これ。開けずにシュレッダーにかけて」

生き続けよう、私は思った。

ただ、最初に妻が言ったように、友人たちには会いづらくなった。

薄暮

約四ヶ月ぶりに、居住していた新宿二丁目のマンションに戻ってきた。いや、戻ってこられた、と言う方が正しいかもしれない。かなり悪化した下咽頭ガンで或る大学病院に入院し、幸か不幸かわからないが、なんとか生還できたのである。本人としては久方ぶりの自由の身に嬉しく、朝から焼酎を啜《すす》る。四肢がぽっとおだやかに火がついたように温かくなり、病室で砂をかむがごとく眺めていたテレビの画面も、ワイドショー、ニュース、ドラマ、内容は全く変わらずとも、アルコールが体に入ると実に愉快だ。病室で何本もの点滴を打たれてベッドに横になっていた時は、退院したらすぐに原稿用紙に向かうぞ、と自分に誓っていたはずなのに、いざ病室から解放されると、右手は鉛筆を握らずただひたすらグラスを口に運ぶばかり。なにせ身体はここ四ヶ月、水を飲むことも禁じられていたため、まさにゴビ砂漠。焼酎のひと雫、ひと雫を、待ってましたと体が震えんばかりに喜び吸い込み続ける。目を覚ましている間、ずっと私は酩酊状態とあいなった。そんな私を妻は無言で見つめる。その視線が非難なのか母性なのかはわからない。

ただ、痛みや疼きがあるわけではないが、四ヶ月の入院生活ですっかり正常値に戻った肝臓の数値がぐんぐん上がっていくのが本能的にわかった。それで或る日の午前、私はマンションの隣にある小さな診療所のドアを押した。この診療所は産婦人科がメインなのだが内科も兼ね、そして新宿二丁目という性風俗店が林立する特異な場所柄ゆえ、性病に罹《かか》った男女も多く訪れる。まあ、村の住民に親しまれ頼られている医院といったところだろうか。

私がこの診療所と関わりを持つようになったのは、六、七年前、深夜にＳＭクラブの女王様のインタビュー記事を書いている途中、尿意を催してトイレに立ち、鮮やかなピンク色の小便が出て仰天して以来である。結局、血尿の原因はいろいろと検査をしたがはっきりとしたことはわからず疲労から来る突発性のものとして済まされたが——なにせその頃の私はなんと毎日仕事をしていた（！）——、「それよりも」と七十歳近い老医師は怒ったように言った。「君の肝臓の方が問題だ。このまま酒を飲み続けたら、肝硬変で君は死ぬ！」

老医師が、アンデスかモロッコ、どこかの予言者のように見えた。

私は二丁目の老予言者の言葉に大層脅えたが、断酒をするという一番有効な考えは頭をかすめもしなかった。その代わり、予言者のアドバイスにより、毎日のように診療所に通い——そこがマンションの隣でなかったら、私にできた芸当ではなかっただろうが——「強ミノ」という肝臓の数値を下げる注射を打つことになった。

この注射、世の子供たちがひと目見たらかなりの割合で泣き出すであろうと思われるほど長く太く、右腕の血管に液薬を全部注入するまで六、七分はかかる。注射を打つのは二人いる中年の看護婦のどちらかで、その沈黙の時間、老医師は私の横の椅子に座り、不機嫌そうにアル中患者を睨みつけるように無言で眺める。アル中患者にとって、それは永遠かと思えるほどの長い時の流れだ。それで、アル中患者は右腕を載せている机の上に置いてある病名を記した多くのスタンプを読むことにした。それがその現場では唯一、老医師の視線から逃れられる手段だった。「陰部コンジローム」、「帯状疱疹」、「尖圭コンジローム」、「多発性陰部ヘルペス」、「老人性膣炎」、「クラミジア感染症」、「卵巣機能不全症」、「子宮膣部びらん症」、「トリコモナス膣炎」、「非淋菌性尿道炎」、「C型肝炎」……………。

それらの文字を目でなぞっていくと、名も顔も知らない、いろんな人の人生を覗いているような気がした。みんな、大変なんだなあ………。

月に一度、血液検査が行われた。そのたび、肝臓の数値はほぼいつも同じ。私としては、焼酎と「強ミノ」でイーブン、嬉しくはないが現状維持ということで、まあいいじゃないか、中堅のプロ野球選手のつもりなのだが、老医師なる監督としてはいたく不満らしく、「なぜ、酒をもっと控えられないのかねえ」と怒るのである。だから、検査結果が記された紙を貰いに診療所へ足を向ける時はいつも、通信簿を手渡される前の小学生、中学生時代の自分の気持ちが蘇るのである。部屋を出てわずか二、三分の距離がやけに長く、足が重い。

ところが三年前、その老医師が心臓に異常をきたし、東大病院に入院してしまった。しかし有難いことに診療所の玄関は閉じられることはなかった。二人の看護婦によって診療所は営業され続けられたのである。勿論、新しい患者の診察はできない。

これまでの常連の患者の為の投薬と注射のみでドアは開かれ続けられたのだ。診察室の空気は実に牧歌的なものとなり、私が診療所へ向かう気持ちも軽くなった。これで怒られないで済む。しかし反面、このまま老医師が帰らぬ人となったらどうしよう、という不安が募った。こんな、ふらりと喫茶店のごとく立ち寄り、コーヒーを注文するがごとく「強ミノ」を打って貰える店、いや、医院は近隣にそうそうないだろう。

私だけでなく、性風俗嬢、性病患者、オカマたちの祈りが通じたのか、三ヶ月ばかりで老医師は診察室に復帰した。しかし彼の体は私から見てもひとまわり細くなっていた。よほどのダメージが心臓を通じて彼の体を襲ったに違いない。それで、彼の診察時間は午後二時から五時までとなった。午前九時から零時までは、それまでと同じ、投薬と注射だけ。私は老医師の存命を喜びながら、できるだけ午前中に診療所を訪れることにした。やはり、怒られるのは、嫌だ。

そんなわけで、なんとか早起きをしているうちに、毎日のように一人の、六十歳ぐらいだろうか、厚化粧の女性と顔を合わせるようになった。午前九時であったり、十時であったり、十一時であったり、私が予言者の店を訪れるのは日によってまちまちなのだが、不思議と彼女と狭い待合室で顔を合わせてしまうのだ。しかも、かなりの確率で二人きりで。ということは、診察室には先に来た患者がいるということだ。だからしばしの時間を、日当たりのよい待合室で私は彼女と二人で過ごすこととなる。はじめのうちは軽く会釈を交わすぐらいだったが——それだけでも寝起きの低血圧の私には苦痛なのだが——残念なことに彼女はお喋り好きだった。毎日出会う自分より若い男——女でも同じだったと思うが——への好奇心が抑えられなくなったとみえ、或る日、ふうと息をしてセーターの下の胸を膨らませ、「どこがお悪いんですか？」と向かいのソファから訊いてきた。

「肝臓です」

「まあ、お酒ですか？」、とりたてて驚くこともないと思うが、彼女は胸に両手を当て、見たことのないオモチャと遭遇した少女のごとく、小皺に囲まれた両目を丸く開いて喜々として言うのだった。

「わたしもお酒が好きなんですのよ。弱いんですけどね。銀座にライオンっていうビアホールがございますでしょ、銀座にお買い物に行くと、昼間でもついそこに入っちゃって、ほほほ、お恥ずかしいんですけど黒ビールを頼んでしまいますの。食事もしますから、全部は飲めずに残してしまうのがいつもなんですけどね、最初の一口がとてもおいしゅうございまして……ほほほっ……お互いにお酒には気をつけた方がようございますね」

はあ、と私は答える。女と顔を合わせるたびにその繰り返しである。女がどんな仕事をしてるのか、独身なのか結婚しているのか同性愛者なのか、私には全く見当がつかない。それぐらい、厚化粧の女には生活感がなかった。ただ、白粉の向こうにどうしようもない長年に渡って培った疲れが察せられた。それが何を原因としての疲労なのか私にはわからない。彼女は私についてあれこれと質問するのだが、自分の体のことは何ひとつ語らないからだ。

私も彼女の問いに、はあ、ええ、と答えるのが精一杯なので、彼女の身の上というか正体を訊こうという気力はない。ただ、診察室から出てくる彼女は私のようにいつも右腕の関節のあたりを脱脂綿で押さえているので、なんらかの注射を打たれていることはわかる。彼女の、体の、どこが病んでいるのだろうか。

四ヶ月ぶりに訪れた診療所。そこの待合室のソファに、例の厚化粧の女性が一人座っていたので少なからず私は驚いた。よほど私と彼女との間に、なんらかの縁《えにし》があるのだろうか。正直に言って、嫌な気分になった。

「あら、お久しぶりでございますね」

女は私を見ると立ち上がり、何が嬉しいのか満面に笑みを浮かべて頭を下げた。だが、こちらは手術で声帯を失くし、その過程で喉にメスで切裂かれた丸い肉欠を、ガーゼ状の赤ちゃんのよだれかけのようなもので隠している身。当然、声は出ない。いつ死ぬのかはわからないが、その死ぬ時まで私の口から言葉が発せられることはない。死んでしまったらなおさらだ。だから私はできるかぎりの笑顔を作って、出ない声で「どうも」と口を開け閉じして答えた。まあ、声を有している頃から私の彼女への対応は同じようなものだったから、それほど違和感はない。ただ、少し、胸にちくりと自業自得という痛みが走るだけだ。

「こんなに若い人で、この病気に罹る人は珍らしいですよ。よっぽど、お酒を飲んでいたんでしょうねえ……」

ガンです、と告知してくれた医師の言葉が、言われた時以上に大きく耳に響く。

厚化粧の女は私の無声とよだれかけに大いに興味を抱いたらしく、目を見開き、「風邪ですか？」と尋ねてきた。

私の手には単行本ほどの大きさのプラスチックで作られたボードが握られている。それは子供用のオモチャのようなもので、ヒモについているペンでそのボードのスクリーンに文字が書け、横のスイッチを押すとたちまち、記した文字が消えるというスグレ物だ。妻が、東急ハンズで見つけてくれた。だが私は厚化粧の女に、「ガンなのです」とそのボードを通じて伝える気にはならず、こくんと頷いた。そこまでして彼女を嬉しがらせるサービス精神は私にはない。

「まあ。大変ですわね。今、インフルエンザが流行ってるらしいですわよ。わたしもちょっと喉がいがらっぽくて……。お気をつけなさって下さい」

人の不幸は蜜の味、私は彼女の厚化粧の向こうの素顔を見て、そう思った。

その日から私は大学病院の住人になる前と同じように、朝から焼酎を飲み、そして「強ミノ」を打って貰うために診療所に通い続けた。我ながら何をしてるのだろうと呆れながら、しかし、焼酎も「強ミノ」も自分が生きるための必需品なのだ。右腕には硬い注射ダコができ、もし路上で警官に職務質問をされたら覚醒剤中毒者と疑われ、たちまち交番に連れて行かれる状態。

だがそんなことより私の脳を曇らせたのは、あの厚化粧の女であった。どこぞにいるかわからない神様の仕業か、それとも彼女がストーカーのごとく私の行動を注視しているのか、必ず、診療所で私は女と顔を合わせてしまうのである。そのたびに彼女は笑顔で言う。

「風邪ですか？　今年の風邪は長引きますわねえ」

こんなひとことも喋ることのできない風邪がいつまでも続くか!?　そう悲しい気持ちになりながら私は、「はい」と笑顔を作るのであった。

第一、病院の守秘義務などどこ吹く風、二人の饒舌な看護婦の口を通じ、患者たちの病名が診療所中に開示されている状態なのであるから、厚化粧の女の耳に私がガンであるという情報が伝わっていないわけがない。それでも毎日、女は私に尋ねる。

「お風邪ですか？　長引きますわねえ」

ガンの病棟から退院して二ヶ月後、私は突然に下腹部を襲った耐えがたい激痛を妻に訴え、救急車で同じ大学病院へ運ばれた。声帯を取り食道を切り、その代わりに小腸を喉へ移植したためによる腸閉塞であった。よくあることなのだそうである。私は二時間弱をかけて鼻の穴から二メートルのチューブを腸まで挿入されて、再び病室の人となった。

一ヶ月が経ち晩秋の午前、雨のそぼ降る中、私は病院を後にし、タクシーでマンションに帰り、自分でも馬鹿だと思いつつ焼酎を舐めた。やはり妻はそんな夫に何も言わなかった。よくわからないが、かわいそうな女であることは間違いない。そして私は翌日からまた、「強ミノ」の店に通いはじめた。

ところが、あれほど「風邪ですか？」と私と会うことを楽しみにしていた、厚化粧の女がいない。二日、三日……そして今、二ヶ月が経ったが、私はあの女と一度として顔を合わせていない。私は注射をしてくれる看護婦に彼女のことは訊かない。饒舌な看護婦も彼女に関してだけは触れずに注射器のピストンを静かに押し続ける。私の手足の指先がじーんと熱くなる。老医師は隣にいないが、私の目の前の箱に入ったスタンプに記された病名をうすらぼんやりと眺める。

「陰部コンジローム」、「帯状疱疹」、「尖圭コンジローム」、「多発性陰部ヘルペス」、「老人性膣炎」、「クラミジア感染症」、「卵巣機能不全症」、「子宮膣部びらん症」、「トリコモナス膣炎」、「非淋菌性尿道炎」、…………「C型肝炎」。

先輩

かつて、尾形亀之助という詩人がいた。尾形は生活人としてどうしようもない人間であったが、意外に（いや、それだからこそか）、彼の綴《つづ》った文字は美しく、私に幾つかの詩のかけらを残してくれていた。例えば次のような。

　泣くと、ほんとうに涙が出る。（「早春雑記」）

「ガンだね。即刻、入院して貰わないといけないな」
新宿にある大学病院の耳鼻科の助教授が、ぽん、と私にそう告げた。そしてその時の私にとっては、ガンという単語よりも、入院というそれの方が頭に染みやすかった。
「入院は個室でお願いします！」
私は喉の奥で育ちに育った真っ白なお菓子のような腫瘍の為にかすれきった声で、助教授に訴えた。

　疲れた心は何を聞くのもいやだ　と云ふのです

助教授は私の反応に眼鏡の向こうで妙な目をし、黙ったまま、自分の口髭を左掌で撫でた。

「ガンは、どのくらい、進行しているんですか!?」、診察室で私の横に立っていた妻が、なんともいえない声で訊いた。助教授は妻の問いかけに安堵したようで、さっきまでの医師の顔を取り戻し、妻に私の病状を説明しはじめた。

病室は今のところ残念ながら六人部屋の片隅のベッドしか空いていなかった。だが来週には個室の一部屋が空く予定だという。私はほっとしながら、空く予定とはどういう意味なのだろう……思考を宙に遊ばせた。

進行性のガンなのだから今日にも入院するように、との助教授の勧めを断り、私は四日後に入院することを約束して診察室を後にした。いくらなんでも昨日の今日で入院というのはあまりにも突然過ぎる。少しは心の準備というものをしてみたいし、なんといったって、六人部屋での生活を一日でも減らしたい。どうにも私は赤の他人と生活を共にするのが生理的に苦手なのだ。仕事で編集者やカメラマンと出張する時も、宿は無理を言って一人部屋をあてがって貰う。決して人嫌いではないのだが、部屋という空間だけは自分一人で占めたい。

大学病院は広い。ビルの二階にある、ずらりと並んだ外来患者用の椅子は全て人で埋まっている。ほとんどの人がかんばしくない虚ろな目を、リノリウムの床に落としたり、天井に浮かばせたりしている。意外に、町の開業医院のように、雑誌や本を広げながら自分の診察の順番を待っている人は少ない。きっと、私と同様にそういった町の医院から大学病院に送り出され、そんな自分と対峙することで精一杯なのだろう。皆、うんざりとした暗い顔をしている。

「帰り、何か食べて帰ろうか？」、もう全く固形物が喉を通らない私に、妻は満面の笑みを浮かべて訊いた。だが、その両目には涙が溜まり、溢れ出す寸前になっていた。私は妻から目をそむけた。

街からの帰りに
花屋の店で私は花を買つてゐた
花屋は美しかつた（「花」）

病院を出ると、頭上には目がつーんと痛くなるほどの眩しい七月半ばの青空が、これでもかとばかりに地球を包んでいた。そして私は数日前、四十二歳になっていたことに気づいた。尾形亀之助は明治から昭和にかけて生きた。尾形は私と同じ宮城県出身で、彼が退学した高校も私が卒業した学校と同じ系列の私立校。つまり、大先輩である。彼は自分が三十一歳となつた時、その詩作の中で彼にしかわからないこだわりを見せている。

幾度考へこんでみても、自分が三十一になるといふことは困つたことにはこれといつて私にとつては意味がなさそうなことだ。他の人から私が三十一だと思つてゐてもらうほかはないのだ。親父の手紙に「お前はもう三十一になるのだ」とあつたが、私が三十一になるといふことは自分以外の人達が私をしかるときなどに使ふことなのだらう。又、今年と去年との間が丁度一ケ年あつたなどといふことも、私にはどうでもよいことがらなのだから少しも不思議とは思はない（「詩人の骨」）

私は先程、「彼にしかわからないこだわりを見せている」と書いた。その舌の根の乾かぬうちにこう言うのもなんであるが、私には尾形の三十一歳へのこだわりがわかる。彼にとって、三十一とは、ちゃんとした大人になっているべき年齢なのである。生活人として自立しているべき年齢なのである。しかし幸か不幸か、尾形は県内屈指の素封家《そほうか》に生まれた。働かなくとも金はある。自然、尾形は自分と社会とのズレにいたたまれなくなり、己を責める。

三十一歳

俺が詩人だといふことも、他には何の役にもたゝぬ人間の屑だといふ意味を充分にふくんでゐるのだが、（「年越酒」）

ちなみに尾形の年譜の彼の三十一歳の項にはこう記されている。

昭和五年（一九三〇）
この春頃より、餓死自殺を口にする。

さぞ、尾形自身が尾形自身を苦しめていた日々の人生であったのだろう。自分の存在が、世の中に全く必要ではないことをかみしめる、淋しさ。

私はそんな同郷人である尾形の存在を、情けないながらずっと知らなかった。二年前に或る女性から私の誕生日にその詩集を贈られるまでは。

三日間、私はちゃんと働いている友人を平日の昼日中から呼び出し、起きている間中、彼らを相手に焼酎を呷《あお》った。なにせガンなのだから少々のワガママは許されると思ったのだ。そして四日目、観念して私はパジャマとかいろんな日用品がつめられたバッグを手に、病院に収監される為に妻と地下鉄に乗った。

なるほど。十三階にある六人部屋の病室は賑やかであった。ただその賑やかさは患者同士の会話などではなく、私よりずっと歳上の男たちの咳や痰を吐く音であったが。

（中略）

隣りに死にそうな老人がいる

そして
うつかりすると私の家に這入つてきそうになる（「隣の死にそうな老人」）

ベッドはそれぞれカーテンで仕切られており、私のベッドは窓際にあった。狭いね、その空間に足を踏み入れた妻が言い、私は無言で開けたカーテンを閉めた。自分が荒地に掘った穴に暮らす小動物になった気がした。するとである。閉めたばかりのカーテンが、しゃっ！　やけに勢いよく開いたので私はぎょっとした。そして、そこに現われた人間を見、私は仰天した。

その人間は女性で、二十代半ば、小さな顔、後ろでひとつに束ねた薄茶色の髪、小柄な体の割には白いブラウスの上からも目立つふっくらとした胸。彼女と顔を合わせるのは二年ぶりである。お久しぶりです、と頭を下げる女性は以前よりも益々色っぽく、大人の女性の匂いを発散させている。女性は某雑誌の編集者で、私に尾形亀之助を教えてくれたのは彼女である。私は妻にその女性をどう紹介しようか、弱った。なぜなら私は初対面の時から、彼女に恋をしていたからだ。一人、妻との離婚も真面目に考えた。口ごもっていると女性が助け船を出してくれた。

「うちの編集長から、永沢さんが入院されると聞いたもので」

「そうそう」、私は妻に言った。「この人とは何度か仕事をしたんだ」

妻は「御迷惑をおかけしています」と女性に挨拶をした。

恋はしたものの、私は女性に指一本、触れていない。だから、心は中学生のようによけい、切ない。彼女は私の恋心を察していたと思う。それくらい彼女の前で私はぎこちなかった。彼女が贈ってくれた尾形の詩集、一篇の詩の頁の端が小さく折られていた。

彼は今日私を待つてゐる
今日は来る　と思つてゐるのだが
私は今日彼のところへ行かれない
（中略）
新しい時計が二時半
彼の時計も二時半
彼と私は

そのうちに逢ふのです（「彼は待つている」）

私は一度も告白しないまま、優しくふられたことを知ったものだ。女性が白い夏用のスカートをひるがえして去った後には、ベッドの上に果物の詰め合わせのバスケットが残された。それを見ながら、自分はもし生きていたら来年は四十三歳になるのだなあ、とぼんやり思った。尾形亀之助の四十三歳はどんな風だったのだろう。

昭和十七年（一九四二）　四十歳

九月、持家を売却し、単身下宿屋の一室に移る。喘息がさらに悪化し、食事も満足にとれぬ状態つづく。十二月二日、喘息と長年の無頼な生活からくる全身衰弱のため、だれにもみとられず永眠。

◎文中の引用は、『尾形亀之助詩集』（思潮社刊）より。

後輩

目を覚ます。ふ、と、ベッドの上で目を覚ます。三日の内、二日は真綿で締めつけられるような（実際、そんな体験をしたことはないが……誰かそういう体験をした人はいるのだろうか……言葉として残っているのだから、もしかすると一人ぐらいこの長い歴史の中でいたのかもしれない。その人、さぞや辛かっただろうなあ）首の痛みで目を覚ます。そして天井を見上げ、ああ今日も生きているのだなあ……枕の上で首をぐるりと回転させる。ぼきぼき、首の骨のきしむ不快な音が耳に響く。

二年前、新宿の大学病院で下咽頭ガンの手術を受けて声を失って退院して以来、ほぼこのような目覚めを迎えている。入院中はそんな朝はなかったのに、念願であった病室からの脱出を果たしたら、不思議なことにそんな寝起きが襲うようになった。

なぜだろう？

手術で執刀してくれた、私と同じぐらいの歳、四十代半ばの男性の主治医に、手持ちの、書き消し自由のボードにそう文字で尋ねても、うーん、どうしてだろう？　医師は私の首筋をさわりながら首をひねる。

わからないなあ……まあ、徐々に治ると思いますよ。

その徐々が、もう二年。

溜息が出る。痛み、苦しみ、辛さがあるということは、すなわち自分の命が途切れていない証拠なのだから喜んでいいことなのだが、それはわかっているが、やはり、溜息が出る。たまには、快楽、気持ちの良さで、自分の生を確認したいものだ。

ガンですね、レベル3といったところかな、まあ、レベル4までしかないんですけどね、ハハッ、それを超えたら死んじゃうなあ。そう大学病院の助教授に、日常会話で伝えられる前は、別の意味で目覚めはうんざりとしたものだった。ああ、今日も今日が来た……だけれども、起きたくない。なぜなら、その頃、私は原稿書きの仕事をしていたからだ。多い時には、締切りが二日に一回という苛烈さだった。そしてその間に、スポーツの試合の取材や、有名人と言われる人へのインタビューがある。つまり、なんと、ほぼ毎日、仕事をしていたのだ……この私が！　出版社に勤めていた頃だって、出社していたのは週に三日ぐらいだったのに……。そしてその頃の私は思っていた。編集者よりも書く方にまわりたいな、と。それで私は会社を辞め、一人、アパートの自室で白い原稿用紙に向かうようになった。自分の意志でだ。文字を紙に書き連ねる仕事、小学生の頃から憧れていた。ずーーっと、物書きになりたいと思っていた。嬉嬉とすべきである。やっと、念願の仕事を手にしたのだ。これ以上の幸せはないではないか？

けれども、私だけかもしれないが、人生、そう上手には渡れないものである。締切りは光よりも速くやって来る。その約束を破ったら、二度と原稿の依頼は来ないだろう。自分が編集者だった頃を思い浮かべ、確認する。力ずくでも、何かを書かなくちゃ！　毎日、私は全身を脂汗で濡らして必死の想いでベッドから抜け出したものだ。

しかし、十二時間に及んだらしいガンの手術を終えて、自宅アパートに戻ってからは、前述したように、その目覚めの憂鬱さの原因が違うようになった。四ヶ月にわたる入院生活。その間、何本かの連載していた小説、エッセイは中断。そして、ああ、やっと病院を出て晩秋の青空を見あげる私の喉には穴が開けられ、その代わりに声は出ない。つまり、もう二度と、人様にインタビューはできないのだ。筆談とか、ボイスなんとかという火星人みたいな（会ったことはないけど）声を出せる機械を使う手はあるが、どうもその気にはなれない。第一、取材される人の方が困惑するであろう。

つまり、仕事がなくなったのだ。いや、やれば書けるかもしれないが、起きている間中、呼吸は苦しく、体中がひきつるように痛い。とても、机に向かう精神状態にはなれない。医者は手術の後遺症だというのだが、つくづく、病におかされながら、それでも死ぬまで文章を書き続けた樋口一葉、正岡子規って、偉いなあ、と尊敬する。まあ、二人とも私なんかとは人間性、才能においてまるで器が違うのだけれど。私と二人で共通していることは、携帯電話を持っていないことだけであろう。あと、ワープロ。だから現在、私の目覚めを嫌なものにしているのは、仕事ではない。近所の開業医院、手術を受けた大学病院への通院である。それはほぼ一日おき。これが想像以上に疲れる。特に大学病院。入院していた頃は気づかなかったのだが、通院するようになってあの巨大なビルがこれほども心身を麻痺させる場所であるとは思わなかった。時刻を予約して行っているにもかかわらず、長々とソファで待たされる診察までの時間。待合室でうなだれている大勢の人たちが醸し出すなんともいえない負の空気。そして、体をオモチャのように扱われる様々な検査。もう、へとへとである。その日どころか次の日も、体、頭ともに使いものにならない。ただ眠り、ただ酒を啜《すす》る。

そんな無為徒食《むいとしょく》の日々の中、ずっと私の頭の中にひとつだけ、魚の小骨のようにひっかかっていることがある。

N・Kのことである。

なぜ、Nは私の入院中、一度も病室に顔を現さなかったのだろう。

別に私はNに、どうしても見舞いに来て欲しかったわけではない。いや、むしろ、申し訳ない話だが、どんなに親しい人にでも、親にでも、見舞われること自体、実は苦手だった。なにせこちらは抗ガン剤を打たれたりしてよれよれの姿、加えて当たり前だがシラフである。都庁のビルが目の前にそびえる十三階の病室、その広い窓から射し込む大量の陽光の中、アルコール抜きで見舞客と何を喋れというのだ!?

「いかがですか？　体の方は？」

「まあ、なんとか、ぼちぼちですね」

それぐらいで会話は途切れる。午後の明るい光に満ちた部屋に、重苦しい空気が充満する。せっかく大事な時間を割いて来てくれたというのに私はその人を上手に接待できず、客はその重圧にどうしていいかわからずまさに辟易、じゃまた来ます、逃げるように去っていく。そして私は思う。自分が逆の立場でも同じ態度を取るであろう。間違いない！

しかし、有難いことに私自身も驚く程の人たちが病室を訪れてくれた。逆に誰も来てくれなかったら、世界から放り出された孤独感に耐えられず、何本もの点滴のチューブを体から引き抜いて新宿の夜の街にパジャマ姿で逃走していただろう。滞在時間は皆、五分弱だったが。そのたびにその方々に深々と頭を下げる妻。そんな妻を見るたびにいつも私はぼんやりと考えていた。……どうしてNは来ないのだろう？

一週間や二週間の入院ではない。四ヶ月以上もの入院である。一度ぐらいは来てくれても別に彼にバチは当たらないであろう……それとも、ただそれだけの薄い関係だったのだろうか？私が勝手に彼と自分との関係性を、かなり深い、と誤解していたのか……？

Nは私が以前に勤めていた出版社の後輩である。というか、彼を入社させたのは私である。二十年程前になるか……当時、Nは在籍していた東京の大学の卒業を目前にし、しかし編集者を志していた彼は受けに受けまくったどの出版社の試験にも落ち――後になって知ったことであるが、私がいた会社の試験にも落ちていた（笑）――途方に暮れていた。それを見かねたNの大学の先輩にあたる、私とは高校時代からの友人である男から、「どうにかならないものであろうか？」、相談された。私はNと会うことにした。渋谷の喫茶店であったか。彼の頭にはなぜか、ニューヨーク・ヤンキースの帽子がのっかっていた。妙な奴だなと感じたが、話してみると実に真面目で編集の仕事をしたいという熱い想いが痛いほど伝わってきた。私は上司である編集局長に無理を言って（私だって入社して二、三年目だったのだ）Nに会って貰い、思いのほか、Nを気に入った編集局長は例外的にNの入社を許可した。

それから、私は毎晩のようにNを酒に誘い、酔う程に、「お前を入社させてやったのは誰なんだ!?」と恩を売り、年に一度程、どうしようもなく仕方なく仕事を手伝い、毎日のように仕事を間違うNを——なるほど。これじゃ、どこの出版社もこの男を採用しなかったわけだ（笑）——私は毎日のようにからかい笑って、自分のストレスの発散の対象にしていた。

そんな互いに情を交し合った仲である（と私は信じていた）のに、なぜNは私の病室のドアを叩かないのだ!?　彼の現在の上司でさえ、何度も来てくれているというのに！　病床で私はそのことだけがずっと胸にひっかかり、消えず、とうとうベッドの横で見舞品の桃をおいしそうに食べている妻に（なにせ私は、禁飲禁食、点滴のみで生きている男だった）、恥を忍んで（どうしてだろう?）、「Nって俺のこと、嫌いだったのかな?」、やっとの思いで入院して以来の疑問を口にした。ピチャピチャと唇を桃で濡らしながら、妻が答えてくれた。

「大っ嫌いだったんじゃないの?」

私はナースコールを押し、看護婦に喉に開いた穴から吸引器で大量の痰を取って貰った。

なんとか私が退院できたのは晩秋、すぐに外気の乾いた冬を迎え、肺炎に怯えながらどうにかやり過ごし、春を横目で眺め、夏を耐えに耐え、秋にしょんぼりとした。その間、私のアパートには何人もの友人が訪れてくれた。声が出せないのは変わらないが（永遠にね）、しかし病室と異なり、酒は自由に飲める。私はボードに文字を書き続け、大いに笑い（笑い声は出ないけど）、友が来てくれた晩は明け方近くまで楽しんだ。だけれども、やはり、Nは来ない。どうしても来て欲しいわけではない。それなら妻に頼んで電話で連絡を取って貰う。事実、多くの友人たちにそうやって——迷惑なことは承知しながら……けど、こっちはガンだもん(笑)——部屋まで来て貰い酒宴を開いた。ところが、なぜかNにはこちらから連絡を取りたくない。いつしか私は意地になっていたのだろうか？

何か、私がガンになって以来、私とNとの間に、よく意味のわからない、形としては見えない厚く重い壁が建設され、二人の間を完全に遮断……いや、やはり、ただ単にNは私のことが大っ嫌いなだけだったのだろうか？

そして退院して二度目の冬を迎えたら、そのNが死んだ。電話と妻を通じてその報を受けた時、瞬間、どうしてか私は、自殺だと思った。だが、その後、妻と電話、そして電話と妻を通してその事実を知らせてくれた友人によると、自殺ではないらしい。いわゆる心不全というやつだろうか？　私が言うのもなんであるが、とにかく酒浸り、私が言うのもなんであるが、何かから逃げて逃げて逃げまくるために酒を呷《あお》る男であったからなあ。自室の布団の中で眠るように死んでいたらしい。そう教えられ、重く重く重く重く、地球のマグマまで落ち込んでしまったかのような私の心は、少しだけではあるが、軽くなった。良かった。Nのその晩の心までは知る由もないが、少なくとも体は苦しまずに、死んだのだ。唯一の、救いである。だが、だんだんと腹が立ってきた。

私はガンでお前より歳上なのに、なぜ、お前が、先に、逝くのだ!!　飲むたびにお前は言っていたではないか！

「僕は絶対に永沢さんより先には死にませんからね！　そんなことになったら、永沢さんに何を言われるかわかりませんから！」

通夜の日は、寒かった。私は柩に眠るNの顔を見た。Nが眠る時にいつも見せていた、白目を少し剥き出した半開きの目をしていた。おい、もう会社に行く時間だぞ！　そう肩を叩くと、「はい、はい」と昔のように起きだしそうだった。私の手には、葬儀場の係員に手渡された白い花が一本あった。私はNの顔の横にそれを、優しく、そして丁重に置こうと思っていた。だが、手が、体が、そんな私の心を裏切った。私は、まるで投げつけるようにその花をNの顔に放った。行列を作っていた私の後ろの人間たちが、声にならない驚きの声をあげたのがわかった。そのまま、私は妻とその場を後にした。

タクシーで新宿に帰った。電車に乗るのには、あまりに、私の体は疲れていた。立っているのがやっとだった。喉の穴から黄緑色の痰が出続けて、オーバーのポケットに入れていた三枚のハンカチを汚した。

アパートの一階に入り、そうだ、今日は郵便受けを開けていなかったな、自分の部屋番号の記された小さなドアを開けた。一通の白い封筒があった。手に取ると、Nからである。私は部屋に戻るのももどかしく、その場で手でびりりと封を破いた。手書きの文章が載っている一枚の紙片が出てきた。とても、四十歳を越えた男のものとは思えない、見慣れた幼い字であった。

永沢光雄様。すみませんでした。永沢さんの御病気のことはもちろん聞いていたのですが、どうしても、御病気の永沢さんのお顔を見にいく気になれなかったのです。ごめんなさい。

それと、永沢さんが入院なさった頃と同じく、僕の編集していた雑誌が三冊つぶれました。そんなこともあって、なんか自分が情けなくて……。その後、何回も企画書を会社に出したのですが、なかなか通りませんでした。けれど、今回出した企画書は通りそうで、今年の春からは新雑誌を立ち上げることができそうです。そうしたら、その雑誌を持って伺いますね。本当に、今まで、御無沙汰してしまって、申し訳ありませんでした。体にはくれぐれも御注意ください。では。

N・K

それまでなんとか歩き、なんとか立っていた私の足が、アパートの廊下に膝から崩れ落ちた。

八月の万年筆

これは、友人のYの身に起きた話である。

こんな風に書き出される文章、まずは大抵、怪談話と決まっている。お読みになっている方もそんなことは百も承知、ははーん、こりゃこちらを怖がらせるつもりだな、だまされねえぞなんて変に意地になってにんまりとし、パジャマ姿で茹でたトウモロコシなどをかじりつつ、クーラーの温度を一度ほど、リモコンで下げたりする。要するに、実はだまされたいのである。その気分、手品ショーを見ている時の観客の気分と同じだ。嘘とわかりつつ、上手くこちとらをだましてみせろよ。などと妙にだまされることに前向きである。少々の手品師の不手際も見て見ぬふりをする。なぜなんでしょうねえ、怖いこと、不思議なことに人間というものが接したがるのは。まあ、そういった人は幸せな証拠。会社を突然に解雇されたり、今まさにナイフを喉元にあてがわれている人に、そんな怪談や手品にひっかかってやろうなんていう手合はまずない。余裕が生むんでしょうね。怪談を欲する心というものは。

これは、友人のYの身に起きた話である。

けれども、この話、怪談というか、嘘ではない。いや、その場面を私が直接に目にしたわけではなく、Ｙの手から聞いたものであるから、絶対に真実である、とまでは言いきりかねるのだけれども、Ｙとは三十年来のつき合い、その正直な性格にはあきれるばかり。酒が入ってのＹの酔談はやたらに面白く、そこにはかなりの粉飾があるのは知りながら、しかしその根っこの一本には嘘いつわりがないことを知る飲み屋の常連客、いや、世間を渡るに百戦錬磨である店のママまでもが、化粧の下から素直に笑ったものだった。

Ｙと私は同じ高校、大学でかなりの時間と空間を共有した。大学を卒業すると私はけっこう名の知れた大手の出版社に入り、スポーツ雑誌に配属された。Ｙはというと、二年ほど東南アジアかどこかをぶらぶらした後に、警察によく書類送検されることで、出版界の一部ではかなり名の知られた小さなエロ本屋の編集者となった。転がり込んだ、といった方が正確かもしれない。帰国したばかりのＹに、私は二年間の放浪生活について訊いたことがある。別に。Ｙは素っ気なく答えた。人間なんて、誰でも大した違いはないよと、Ｙはつまらなそうに言った。

その日、朝までＹは珍しく寡黙であったことを覚えている。

我々が三十歳になる年に、Yはあっさりと会社を辞めた。そして呆れたことに、それと時を同じくして、偶然に飲み屋のカウンターで横になった女性と結婚した。籍を入れることにした、そうYが私に紹介した童顔の女性のTシャツの袖先から、何か花のような刺青が覗いていた。なるほど、Yらしいなと思った私は、そりゃおめでとう、言いながら、その女性がトイレに立った隙に、どうするんだよ？　会社を辞めて結婚するなんて？　生活は大丈夫なのか？　とYに訊いた。Yに蓄えがあるとはとても思えない。給料日に後輩たちに酒とソープランドを奢り、あとの日は会社から支給される通勤の為の定期券をこっそりと駅で解約して得た金と、行きつけの酒場の温情で生きているような男であったから。だが、Yは、のほほんとした顔で、なんとかなるさ、とりあえず文章でも書いてみるよ、と言った。Yは私と初めて会った時から、将来は小説家になる、と宣言していた。顔を合わせるたびにそう口にしていたといっても過言ではない。海外から戻ってきた時も、エロ本の編集者だった時も、それからも同じ口が同じことを言っていた。しかし、私、今までそのYの小説どころか、Yの書いた文字一個すら読んだことはなかったのである。こっそりと書いていたかもしれないが、少なくともYは私に自分の文字を読ませることはなかった。

けれども、やはり結婚というものは人を変えさすものらしい。Yには、自ら辞めた出版社の上司であった人々の憐憫から、徐々に仕事が舞い込むようになり、本人が気がつくと毎日、原稿用紙へ向かうことになっていた。私、そんな友人を見、つくづく世の中とは、甘い人間には甘いものだなあと、嘆息をついたものである。そのたびにYが、「てめえが三人も子供を作っちまうから生活がしんどいんだろ！」と笑った。少なくとも同じ女と三回もセックスしたんだぜ、信じられねえよ、とYは笑った。バーで同席していた人たちもつられて私を笑った。だけれども、その頃のYの行っていた仕事は、決して本人が望んでいた小説というものではなかった。アダルトビデオやファッションヘルスで元気に働く女の子たちにインタビューをし、それを原稿に仕立て上げることが主だった。私はそのことについて何も言わなかった。それなりに、取材をした女性たちを通して、Yが自分をちょっぴりと顔を覗かせていたからだ。Yもいつの間にか、「小説を書く」とは口にしなくなっていった。いや、一度だけ、Yのよく行く新宿二丁目のゲイバーの、ベテランのママがYに訊くのを、すぐ近くで耳にしたことがある。Yちゃん、どうして小説を書かないの？　一瞬、横面を張り手で打たれたような顔をしたY、すぐにいつもの笑顔を取り戻し、ぽりぽりと右のこめかみを人差し指で掻きながら、書いてみたんだけど、何を書いていいのかわからないんだよね……小説ってさ、なんだろう？　もしかすると、小説なんて、世の中に必要のないもんなんじゃないかなあ。

何も口にしなかった、その時の、私。Yのその時に抱えていた何かが、なんなのか、わかった気がしたからだ。漱石の『坊ちゃん』の文庫本でも送ろうとも考えたが、当然、Yの書棚にあるその書物こそ彼を苦しめているものかもしれない、から、やめた。

互いに三十五、六歳の年であったろうか。私の生活は野球場と印刷所を行きつ戻りつする日々で、変わることはなかったが（子供も増えていない）、Yの生活が変わった。なんと、Yの本が出版されたのである。しかも、私の会社のMさんの手によって。Mさんは文芸部に所属している、根っからの小説編集者である。いわゆる業界で彼を知らない人間はモグリだ。そういう人であった。そのMさんが、Yのアダルトビデオ女優や風俗嬢へのインタビュー文をまとめようと会社に提案したのである。会社側はかなり驚き、文芸部長は、うちでそんな猥褻な本を出すのはいかがなものか？

いいえ、Yさんの文章は決して猥褻ではありません！　せつないのです。出版する価値があると私は考えます。とMさんは反論した。

だが、Y自身がMさんに言ったものだ。やめた方がいいですよ。絶対にそんな本、売れませんよ。Mさんの今までの業績にキズがつくだけですから、どうか、どうかやめて下さい！　考えれば、自分の本を出版してくれるというのに反対するのも一見妙だが、元編集者で少しは現在の出版界の不況を知っている男の、Mさんへの慮《おもんぱか》りであったのだろう。

しかし、私を含めた大方の予想に反し、Yの本は売れた。さすがだなあ、社内ではMさんの評価が鰻上り、十年後の社長はMさんで決まりだなと社員同士で囁《ささや》き合うこととなった。一方のYも時代の寵児とまではいかないけれど、それなりにマスメディアからかなり注目されて、女性雑誌やテレビの取材に応じていた。けれど、私の見る限り二人はそれまでと全く変わりなく、Mさんは相変わらず電話ではなく、速達の葉書で、締切りを過ぎた作家たちに原稿を求め、Yはいつものバーで酒を啜《すす》っていた。いやあ、Mさんに迷惑をかけちゃいけないと思ってできるだけ取材を受けているんだけど、インタビュー受けるって、なんか恥ずかしいなあ。Yは言っていた。

私の会社の社長からYの出版記念パーティの話が出たのだが、これは私の予想通りにYが断った。Mさんもその Yの態度については満足そうだった。その代わり、新宿のバーで、MさんとY、Yの奥さんと私で、ちっちゃな出版記念パーティを開いた。なごやかな、いい夜だった。バーの扉を押すと、春もまだ早いのに空は青色でいっぱい。四人、思わず目をしばたたせた。するとMさんがするっと、空を見上げたまま、歳下のYに言った。

「Yさん、小説をお書きなさい。あなたなら、ちょっといい、小説を書けます！」

とろんとした目でアスファルトの道路を見やったYは、やはり、とろんとした口調で、呟いた。それはMさんへの返事ではなかった。

「生きるって、辛いっすよね」

その半年後、Mさんが死んだ。体の筋肉の全てが機能しなくなるという病気であった。Mさんの葬式に参列したYに、Mさんの奥さんが夫がずーっと愛用していた太いモンブランの万年筆を手渡した。

「形見分け」、奥さんはにっこりと笑った。

「いえ、こんな大事な物、頂くわけにはいきません」、当然、Yは両手を振る、断るの意味で。

私もそれを見ていて、Yの態度は正しいと感じた。売れたとはいえ、たかが一冊の本の編集者と著者の間柄である。しかし、Mさんの奥さんは、その光沢のある万年筆を、乱暴ともいえるやり方でYの右手に握らせた。

「主人が、あなたに絶対にこれをお渡しするように、と、息を引き取る前に言ったの」

しかし、Yはそれから小説どころか、一切の文字を原稿用紙へ記すことはなくなった。

それまでのあまりの飲酒が原因だったのだろうか、喉を下咽頭ガンなるものに侵入されて呼吸をすることが困難になり、手術。Yは声を失った。

私はYを見ていて、ガンの手術の後の退院というのは、闘病のゴールではなく、スタートなのだと知った。退院をして自宅に帰ったらまるで待っていたかのような、二十四時間の体中の痛み、呼吸も一つひとつ、意識をしないとできない。であるから、睡眠薬を飲んでなんとか眠りについても、息がつまって全身に脂汗をかいてベッドの上で腹這いとなり、ぜえぜえと息をする。そんなYを見ていて、これまでどんな人生を送ってきたのか、早いうちに両親を亡くしたらしいYの奥さんの両膝の上で硬く握りしめた手の指、そしてきっとした澄んだ目で、自分の亭主が出ない声で呻き、七転八倒している姿を、じっと正座をして見つめきっている態度を、私は忘れない。

Yの手術から二年が経った。八月である。Yはまだ生きている。奥さんは新宿の焼き鳥屋で働いている。私といえば、去年まではこの暑い季節、いつも甲子園球場内を取材で走り回っていたものだが、今年から副編集長という、毎日のようにつまらない会議に出席し、朝から晩まで判子を書類に押す人間となってしまった。

そういやあ、就職してから、八月にYとは会ったことはないな。そう思った私は、ふらりと社屋を出てYの住むマンションに足を向けた。半年もYとは会っていなかった。

パジャマ姿のYが、私に一枚の原稿用紙を見せた。青い色の万年筆が綴《つづ》った文字がそこにはあった。

お書きなさい。とにかく、お書きなさい。あなたなら、絶対に小説というものを書けます。

なぜなら、あなたは、生きているのですからね。楽しみにしています。

M

Yが大学ノートを通じて知らせてくれたことによると、三日前の夜、こんな自分はどこにも存在価値はない、もう、マンションから飛び降りようかと、かつては仕事場であった部屋の机の前で絶望していたらである、その机の一番上の引き出しがすーっと開き、Mさんのモンブランがふわっと浮き、そして、開ける気もせずに、しかしかすかな希望を持って机上に置いていた原稿用紙がすーっとその表紙を誰かが開き、Yの目の前で空中の万年筆がすらすらと、その文字を連ねたのだそうだ。

「書かなきゃな」、私はYに言った。

Yは大学ノートに鉛筆で、「うん」と書いた。

怪談話、でございました。

十二月の点滴

月はいつしか、望んでもいないのにいつしか師走に入ったのにもかかわらず、東京の街は妙に生暖かく、マンションの窓を夕べ遅くから篠突《しのつ》く雨が叩いている。東北出身の小生としては部屋にいてもなんとも尻の落ちつけ所がない。冬といえば、雪だろうが……二十年近く前に上京してきた頃の年の冬は、首都もけっこうな雪で迎えてくれたものだが、どうやら地球という星の温暖化とやらは本当のことであるらしく、まことに、気持ちが悪い。

雨、灰色の空、なのに上着を必要としない気温。こんな日はてんで、外へ出たくはない。しかし、ベッドから這い出ると、気圧のせいか首から肩にかけて骨やら筋肉が耳奥へ音を響かせてきしみ、それはとてつもない痛みと痺れとなって四肢へ広がり、体中が悲鳴をあげる。

どうにかしてくれ！

大学病院の病室での生活から解放されて二年半が経とうとしているのに、体は相変わらずこんな調子である。いや、体調だけを思えば何本もの点滴のチューブを体につなげられて窓外の都庁のビルを眺めていた、無機質な入院生活の方がよほど良かった。それに、精神的にも前向きであった。ベッドに横たわり点滴の雫がぽたりぽたりと落ちる様を見つめながら、私は頭の中の映画用カメラで退院後の自分の姿を確信を持って実写していた。そこで私は午前中に目を覚まし、アルコールになど見向きもせず（！）、熱いコーヒーを舌の上でゆっくりと味わい、そしておもむろに仕事机に向かい小説や雑文を書く。仕事に対する情熱、集中力には人一倍に長けている物書きの端くれの体の上では瞬く間に時が過ぎ、気がつくともう外は黄昏。お、もうこんな時間か……今日はこのくらいにしておくか。物書きは椅子から立ち上がり腰に両手を当てて背を伸ばすと、明日の書き出しの文を原稿用紙の裏に走りとめ――トルーマン・カポーティへのインタビュー記事から習ったやり方だ――居間へ向かいテレビをつけてソファに座り焼酎の水割りを大切に啜《すす》る。美味なり！　体中に新しい力が湧いてきて、よし、明日も頑張ろう！　自分の顔が微笑むのがわかる……そのはずであった。

しかし現実は、その物書き自身は、その彼をものの見事に裏切った。

退院してから、彼が鉛筆で汚した原稿用紙は全部で何枚になるだろう？　多分、四百字詰めのもので百枚にも満たないであろう。それも、深夜に咳込み体を焼酎でだまし、だまし、ながらだ。締切りが定められた数少ない、枚数が十枚にもならない仕事でさえそうなのだから、退院してから有難くも十何通か、友人や恩人、読者の方から手紙を頂いたが、返事など書けるわけがない。ただ、毎日、毎夜、御返事を書かなくてはならじという想いは後頭部から離れず、寝ても覚めても私の心を苦しめる。

ああ、健康こそが、一番、と風吹く中で娼婦が呟く。

今年の春に友人である編集者からの提案で、出版を前提とした日記を書くことを約束した。それは五月の一日、おだやかな日から書きはじめられた。当初は順調であった。私は人が変わったように午前中に目覚め、すぐに机に向かって日記を綴《つづ》った――それはそれで変な話であるが――まさに理想の日々。しかし、それも夏の猛暑の訪れと共にぱったりと途絶えた。

秋が来てなんとか日記は再開されたが、今度は木枯らしと共に書かれなくなった。もはや、そんなもの日記でもなんでもない。だが、どうにも友人は自分の編集者である立場を忘れていないようで、週に二、三度は電話かファクシミリで連絡してくる。どう？　日記の調子は？　だから、もう、日記じゃねえって、の！　プルルン、電話が鳴るたび、ジリリリ、ファクシミリから紙が受信されるたびに、私は天涯孤独のハムスターのように怯え布団の中に身を隠すのである。

いや、こんなことをだらだらとグチるつもりはなかった。申し訳ない。

つまるところ、問題は今日である。今日はいつも忘れていた頃にやってくる雑誌『バースト・

ハイ』の小説まがいの原稿の締切り日なのである。それはそれは、ありがたい注文である。であるから、書かねばならぬ。外の大通りを車が雨を跳ね飛ばす音の中、カレンダーの日付が私を責める。体調はともかく、私は気持ちだけでも上昇させようと焼酎を舐めてみたら、とてつもない吐き気が襲ってきた。やばい！　そう感じた私は、気持ちの四分の三はやめろという中、体温計に手を伸ばした。

ピピッ、ピピッ。

脇の下で電子音が鳴る。恐る恐るその体温計に表示された数字を横目で確かめた。

38・5度！

打ちのめされた。私は数字に弱い。十代の頃は数学の数字に対してからっきし太刀打ちできなかったが、今は肝臓の数値、血圧の数値、体温の数字にまるっきり、こうべを下げている。

どうしよう……頭をひねった。しかし、ベッドに横たわると首がきしみ、ソファに座ると体中が横になってくれと哀願してくる。二律背反って、こういうこと？　違うよな。

とにかく仕事をすることなどはソファの横に置いておいて、この泣いている体をどうにか宥《なだ》めたい。私は嫌であったがある決断をし、体温計の数字によって急に寒気を帯びた自分の体に上着を被せた。そして、マンションを出た。

歩いて五分。そのわずかな時間の耐えがたいこと。ようよう行き着いた先は、年配の医師と彼の御夫人とで開業している小さな診療所。その医師には日頃から何かと世話になっており、私は勝手に自分の主治医と慕っている。

ガラス戸を開けると、正面の受付に座った白髪の奥さんがにっこりと笑って言った。あら、いらっしゃい！　場所が新宿二丁目の雑居ビルの三階ということもあり、彼女が白衣姿ではなく、その後ろにウィスキーのボトル棚があれば、まるで行きつけのバーのドアを押した感じだ。

待合室には幸い人は誰もおらず、私はすぐに診察室に通された。二年半前に声を失った私は、手にしたマジックボードを通して、世界的に有名な野球人を弟に持つ医師に、自分の現在の状況を訴えた。体調が著しく悪いこと、けれども今日中に原稿を仕上げなければならないこと。

五分後、私は診察室の隣の処置室のベッドに寝て左手——本当は私の血管は右手の方が針が通り易いのだが、なにせその手は商売道具。できるだけ傷つけたくないので、無理を言っていつもそうして貰っている——で点滴を受けていた。

量は一リットル。

二時間程その袋の中身が少しずつ少しずつ減ってゆくのを、とろとろとした目でぼんやりと待ち、そして、針を抜かれた。

「いつもありがとうございます」。そうボードに書いて頭を下げた私の肩を医師は優しく叩き、お大事にね、座薬も出しておきますから。

いくら点滴とはいえそんなに急に効果があらわれるはずはないが、心なしか体が軽くなった気がし、待合室に戻った。そこのソファには、七十歳は優に越えていると思われる小柄な女性が一人ぽつねんと座っていた。分厚い眼鏡を掛け、座りながらも杖で体を支えている。

私はその彼女の向かい側のソファに腰かけた。すると、ずっと仰向けでいたせいだろう、首の骨がぼきぼきと音を立て、私は咳込んだ。それはなかなか治まらず、両目の端から涙が出て頬を伝った。その間、私は老婆が興味深く観察している気配を感じていた。

やっと咳が引き、ふうっと深呼吸をした私に老婆が尋ねた。「ぜんそく、ですか?」。どこか老婆は嬉しそうに見えた。

私は首を「違います」と振った。

「はあ……じゃ、なんの病気ですか?」

私はなんだかやけくそになりボードに「ガンです」と記した。急に、下咽頭ガン、なんて難しい字は書けない。

え、と言い、よせばいいのに老婆は杖を持つ両手に力を入れて立ち上がると、よろよろと私に近づきボードを覗き込んだ。

「あら、まあ」、驚いた風の彼女は目を細め、いかにも同情するかのごとく——私がひねくれているのだろうか? そう思えた——首を横に振って言った。

「そうですか……お若いのに大変ですねえ……けれど病気だけはなりたくてなるもんじゃないですからねえ……生まれた時からの運命ですものねえ……私もこの頃、風邪気味でね、今日こちらにうかがったんですの」

私ははっきりと確信した。老婆がいたく喜んでいることを。そして突如、怒りで頭に血が上った。あんたを喜ばせるために、俺はガンになったんじゃねえ!

次の瞬間、私の右手は首に巻いてあるよだれかけのような布をめくり上げ、そして喉を老婆の顔の前に晒した。そこには直径で一センチほどの穴が開いており、首の中身を見せている。

ひえっ……声にならない声を出し、老婆は杖を離し、そのまま床に腰から崩れ落ちた。そして、自分から話し掛けた人間の体の、思いもよらなかったグロテスクな風景に、よほど恐怖を覚えたのであろう。老婆のモンペのようなズボンの股間の部分が見る見る何かの液体で染みだし、それは床にまで流れ出た。

若いのに、少々大人気なかったかな、と私は少し反省した。


今村淳という歳上の友人がいた。いや、今も友人なのだが、残念ながらもう、彼と酒を酌み交わすことはできない。文藝春秋社の編集者であった今村は五年前、四十五歳の若さで亡くなったのだ。なんでも何千人だか何万人に一人という難病によって。

……病気だけはなりたくてなるもんじゃないですからねえ……生まれた時からの運命ですものねえ……。

運命……果して、本当にそうなのだろうか？　私にはわからない。

とにかく、と私は溜息を喉の穴でつく。四十五歳、大好きで敬愛していた今村が亡くなった年齢と同じ歳に、いつしか私はなってしまっている。なってしまい、つくづく、彼は大人であったなあ、と思う。そのファッション、立居振舞い、喋り方、そしてその知性、バーの選び方、グラスの持ち方、酔い方、全て今の私に比べようもなく大人であった。少なくとも、今日、私が診療所で老婆に対して行ってしまったようなことは、今村は死んでもしなかった、いや、できなかったであろう……死んじゃったけどさ。

今村が死ぬ前の年の師走の三十日、よほど忙しかったのか、それとも、自分の死期を予感して関わっていた仕事を満足できるものにしたいと思っていたのか、ほとんどの社員がいないであろう会社にいる彼から夕方、電話を受け取った。何を喋ったんだっけ？　彼の溺愛していつもその写真を手帳に挟んで持ち歩いていた猫のこと……互いの女房のグチ……もう、今年も終わりだね。別に具体的な用事の話ではなく、とりとめもない約三十分間の受話器を通しての会話は、それまで私が知っていた大人の今村にしては、少し違う人のような気がした。

その三十日が、もう目の前に来ている。それまで、私は、生きているだろうか？

七転八倒、苦しまずに死ねるのなら、そしてもしあの世というものがあって、今村があの世の銀座の静かなバーのカウンターで待っていてくれるのなら、……死んでもいいかな、と、ふと思った。

追記

今村淳の名を出すことには、御遺族のことを考えてかなり悩んだ。だが、今村淳という存在は私にとって歳を重ねるに従いどんどん重く大きくなってきて、I氏、と軽く表記するにはしのびなかった。

なお、今村が最期に編集した単行本である、北島行徳著の『無敵のハンディキャップ』には、今村が死ぬ直前、講談社ノンフィクション賞が飾られた。

カリフォルニアにて

困ったことになった。

なんと、カリフォルニアについて書かなくてはならないはめになったのである。

事は三年前に遡る。その頃、私は或る月刊誌で連載小説という生まれて初めての試みに取り組んでいた。それまでも小説らしきものを書いたことはあったが、それらは全て原稿用紙で二十枚前後の掌篇。そんな男に担当編集者の軽い思いつき（それともよっぽど他に企画がなかったのか、予定していた作家先生に直前で断られたのか）で、一年間という連載小説の話が舞い込んだのである。フリーライターの男は二つ返事で引き受けた。

甘かった。

考えていたより連載小説というものは難しかった。話が進むにつれ、登場人物が増えるにつれ、その小説は私の手から離れていく実感が湧き起こりだした。文字を書き連ねれば連ねるほど、その文字は自分が書いたものではないような思いにとらわれるようになった。反対に頭の中は寝ても覚めてもその小説のことばかり。

どうしよう？　どうなっちゃうのだろう？

毎日が重い空気に包まれて息がつまりそうだった。

その窮地を救ってくれたのは、皮肉にも本当の意味での呼吸困難であった。私の喉の奥に、大きな腫瘍があることが医者によって発見された。

即、入院。いつ退院できるものやら……医者は言外に《手術後も、もし生存していたらね》という含みを持たせ、「短くても三ヶ月は入院して貰うことになるよ」。

当然、連載小説は休止（事実上の中止）となった。ぜえぜえと懸命に呼吸をしつつ、私はどこかで気持ちが軽くなるのを覚えた。これで小説のことでうなされ、寝汗でパジャマをぐっしょりと濡らして夜中に上半身を起こすこととはおさらばだ。本当のプロの作家ならば、病室で体中に点滴のチューブをつけられた状態でも仕事を進めるのであろう。事実、担当をしてくれる看護婦から、過去に私と同じかそれ以上に重篤な病気でその大学病院に入院した物書きの人たちの話を聞いた。彼らは一様に入院中もペンを手から離さなかったという。一人の脚本家など、新聞での毎日の連載エッセイを、手術日とその後の何日かを除いて退院の日まで書き続けていたという。

つくづく、自分はプロではないと痛感したものだ。そんな気力は私の中には皆無であった。日がな一日、ベッドの上でごろごろとし（点滴のチューブだけはいささか邪魔だったが）、テレビ番組の観察にあいつとめる。これで、酒が飲めれば最高だなあ……。

なんとか命だけはとりとめて、私は入院してから四ヶ月後に慣れ親しんだ病室を去ることとなった。

しかし、自宅に戻っても私の机に原稿用紙が広げられることはなかった。むしろ、入院中よりも怠惰な生活が私を待っていた。言い訳をさせて貰えば、首の切開手術をした為に間断なくやってくる首と肩の激痛、退院後から服用するようになった薬の副作用から来る吐き気をはじめとする諸々の不快感、そしてそれらに持ち前のウツ病が重なり、ひどい時はせっかく自由の身となったのに、あれほど渇望していた焼酎さえ口にする気分にもなれなかった。医者からは、入院していたことで足腰が大分弱っているはずだから退院したら無理をしてでも三十分から一時間は散歩しなさい、と忠告されていたのだが、スポーツ新聞を買いに近所のコンビニエンスストアに出掛けることとさえ億劫である。それなのに、散歩だって!? 冗談じゃない。そんな気分的肉体的余裕があったら、仕事をするよ!

我、天の邪鬼なり。

そんな日が二年以上も続いた。

外出するのは、月に二回の定期検診の為に病院へ重い足を向けるのみ。仕事はほとんどせず、朝から深夜までのテレビ番組にやたらと精通する身となった。

或る日、いつものように昼過ぎに起き、焼酎の水割りで二十錠以上の薬を胃に流し込んでいると、インターフォンが鳴った。

開けたドアの向こうには、あの、中断された連載小説の担当編集者が立っていた。彼は私が入院中は何度も見舞いに訪れてくれたが、退院してから顔を合わすのは久しぶりである。妻以外、ほとんど人と会わない日々をドブに捨てていた私は、過去のいきさつを忘れて嬉しくなった。まあ、あがって下さい。

彼は土産に高価そうな、私の見たことのないラベルが貼ってある焼酎のボトルを持ってきてくれた。有難いことだ。その時、私の中で自分と彼の関係性はライターと編集者のそれではなく、友人、となっていた。

ところが友人が、私がすすめた焼酎の入ったグラスに唇をちょっと触れさすと、言った。

「あの連載小説、再開しませんか？」

えっ、一瞬、私は、反則だあ！　と胸の中で小さく叫んだ。友人なのに仕事の話を切り出すなんて、反則だあ！　私は言った。

「けれど、あんな小説があったことなんて、もう誰も覚えていませんよ」

「そんなことはありません。何人かの読者からあの続きはどうなったんだって問い合わせがあったし（一口しか焼酎を啜《すす》っていないのに、友人の顔はほんのり赤く染まった。嘘のつけない人だ）、それにうちの編集長がこの話に乗り気なんですよ。ぜひあれを完結させたいって言ってます」

最後の台詞は私の心を揺らした。編集長のくだりは本当であろう。編集長と目の前の友人、少なくとも世界の中で二人は、あれの再開を望んでくれているのだ。正直、嬉しかった。そして気がつくと私は友人の提案をのんでいた。では来月からということで、もともと酒のあまり強くない友人は焼酎を一杯も開けずに会社へ戻っていった。

さてさて、どうあの話を展開させようか？

リビングで一人になった私は椅子の上で両手を頭の後ろに組み、思考を宙に広げさせた。

そして、愕然とした。

なんと作者の私、あの話の登場人物はおろかストーリーまでをも忘却の彼方へ追いやっていたのだ。二年半という時間は私にとって思いのほか、長いものであったらしい。

慌てた私は七回で中断した小説の載っている月刊誌のバックナンバーを、本棚の隅からごそりと取り出し、自分が書いたであろう文章を読みだした。

読みはじめてすぐにストーリーは漠然とだが蘇ってきた。しかし連載二回目に目を通して、またまた私は愕然とした。

なんと作者は、準主役ともいうべき女性をアメリカはカリフォルニアに留学させ、そこで結婚、そして海の向こうで出産までさせているのである。

私は頭をひねった。私はカリフォルニアなど一度も行ったことはない。なのに、自分が想像力に乏しいことは重々承知しているはずなのに、なぜこんな行動を登場人物にとらせてしまったのであろう。いくら考えても、自分がしでかしたことながら、理解できない。そこからカリフォルニアはかなり重要な舞台となるのだが、案の定、その描写からはカリフォルニアの風景も空気も何も伝わってこない。しかも困ったことに、カリフォルニアでの物語はまだまだ続く気配なのだ。

一瞬、小説を白紙に戻そうかと考えた。なにせ初期の段階からカリフォルニアが出てくるのである。カリフォルニアを消去させるにはそれしかない。しかし、と、私は担当編集者と編集長の顔を思い浮かべた。もう小説は原稿用紙で百五十枚近くが活字になっているのである。そこまできて仕切り直しとは、いくら二人が寛容だとしても、それだけは首を横に振るであろう。

私は妻に頼み、カリフォルニアのガイドブックを買ってきて貰った。けれども、そこには私の知りたいカリフォルニアの空気はなかった。私は頭を抱えた……どうしよう……。

二日後、私は一人の女性と机を挟んで向かい合っていた。彼女はイラストレーターで、ここは彼女が都心のマンションに構えている事務所である。彼女とは私が結婚する前に一年程つき合っていたことがある。しかし私の結婚を機に顔を合わせることはなくなったから、十年以上ぶりの再会ということになる。そんな女性になぜ会うことになったかというと、彼女が二十代の頃、カリフォルニアに留学していたことを私が思い出したからである。そうだ、彼女に彼地の空気を訊いてみよう。やや恐る恐る電話をした私に、彼女は会うことを快諾してくれた。よかったら、うちにおいでよ。お酒も用意しておくからさ。

つき合っていた頃はガリガリの痩せっぽっちだった彼女は、体にも顔にもほどよく肉がつき大人の女性となっていた。下心など全くなかった私だが、チノパンにTシャツ姿の彼女を目にしたらほのかに胸がときめいた。

久しぶり、私たちはウイスキーの入ったグラスを軽く合わせた。

「御主人は元気？」

私が結婚してしばらくして彼女から電話があった。わたしも結婚することにしたわ。相手は有名な写真週刊誌の編集者とのことだった。

「うん。でも今度デスクになったんで、現場に出られないからつまらなそう」

しばらくそれぞれの近況を話した後、電話でも話したけれど、私は少し身を乗り出して彼女に言った。

「カリフォルニアについてなんだけど……」

「まあまあ、そう焦らないでよ。時間はたっぷりあるんだから」、彼女はそう言って私を手で制すると、私が妻を含め今までどの女性にも見たことのない、あやしい、しかし不思議な笑顔で言った。

「する？」

あまりに急な、あまりに大胆な彼女の物言いに私はぎょっとした。ぎょっとしながらも、気づくと、うん、私は頷いていた。

彼女は仕事部屋の隣の部屋にある、シングルベッドへと私を先導した。

私はパンツの上からもわかるむっちりとした尻を見ながら、セックスなんていつ以来だろうと考えていた。上手くできるだろうか？　かすかな不安を抱いて。

それから時計の針はどのくらい動いたであろう。五分くらいであったような気もするし、三十分は経っていたような気もする。

私はベッドから転げ落ち、フローリングの床で苦しみ呻《うめ》いていた。腰を不器用に動かしはじめた途端、突如として激痛が体を襲いそれに耐えきれずに女性の体から身を離し、どすん、床に体を落としたのだ。

情けない。両足と背中と腹が同時に攣《つ》ったのだ。傍から見たら、これほど滑稽な風景はそうないであろう。しかし本人にとってその痛みは尋常なものではなかった。

「大丈夫!?　ねえ、どうしたの。大丈夫!?」、全裸の女性の声が次第に間遠くなっていく。そしてあまりの痛みから逃げるかのように、頭から意識が去りゆこうとしているのがわかった。

その時である。薄れゆく意識の向こうに、私にははっきりと、カリフォルニアの青い空とそこに浮かぶ白い雲が見えた。

断酒が生む禁断症状についての考察——辞典がいかに愚かな人間を救うか

本屋へ、国語辞典を買いに出掛けた。なぜなら、断酒中だからである。

十八歳でアルコールの味を覚え、その海中に溺れるのには大した時間は要らず、そんな私が最初に酒をやめたのは今から十年以上前、三十四、五歳の時である。原因は、血尿だ。当時、私は結婚をしたこともあり、来る仕事をかたっぱしから引き受けており、インタビューとその原稿書きの日々を送っていた。つまり、なんと、毎日！　仕事をしていたのである。まあ、それはフリーライターとしては普通の生活である。いや、フリーライターという人種、一体、いつ寝ているのだろうとこちらが心配になる人々がほとんどだ。そうでないフリーライターという人々は、その肩書きがついたまるで減ることのない名刺を持て余して嘆息をついている方々……まあ、明日は我が身。であるから、毎日仕事に酒に費やせている私は、そこそこ恵まれたフリーライターであったわけだ。しかし、仕事を毎日行うという生活様式はやはり私には馴染めなかったようで、体がまず反旗を翻した。ＳＭクラブの女王様にインタビューした記事を書いていた或る深夜、真っ白な便器の内側を、私の尿が見事に赤く染めたのである。翌朝、慌ててタクシーで大学病院へ行くと、いろいろな検査をされた結果、血尿の原因は疲労（情けない！）から来る突発性のものであろう、とのこと。それよりも、と二十代の女性の医者が怒気を含ませて私に言った。肝臓の数値が高過ぎます。お酒は極力、控えるように！　白衣の娘子のお叱りに、既に頭髪を失いつつあった私は、素直に頷いた。

そして即、病院内から、仕事を頂いている幾つかの出版社に電話した。すみませんが、今月は仕事ができなくなりました。……酒なくして、初対面の人間に話を訊いたり、原稿用紙に立ち向かえる自信がなかったからである。しかしこれは、ある種、フリーライターとしては自殺行為であることもわかっていた。どんな注文でも引き受けるライターの代わりなど、星の数程いるのだ。私ではならない理由など何ひとつないのである。ああ、ついに自分は無職となったか、と緑色の電話の受話器を置いて思わず腕を組み病院の高い天井を見上げたが、しかし、命あっての物種。私、自分でも感心するくらい、臆病者なのである。自宅へ戻り、私は妻の目の前で、テーブル上の、まだ充分に重みのある焼酎のボトルを持ち上げ、そして、台所の流しにその透明な中身を、どぼどぼどぼ、男らしく捨てた。妻が目を丸くした。その彼女に向かい、私は胸を張り宣言した。今日から君の夫は一ヶ月間、酒をやめるぞ!!　一ヶ月と、はなから限定するあたりも、私の男らしき潔さである。

意外と、無酒の日々は淡々と流れた。仕事というプレッシャーがないからなのか、漏れ伝え聞く禁断症状とやらも訪れなかった。夜もけっこう簡単に眠れ、午前中には目を覚まし、近くの新宿御苑を散歩。だがしかし、つくづく私は思い知らされた、酒のない一日とは、なんと時間がもどかしい程にゆったりと過ぎ、なかなか終息してくれないものであることを。おまけに気分は超低空飛行。妻と言葉を交わす気にもなれず、あれほど愛好していたテレビのお笑い番組も、くすりともさせてくれない。仕方なく、私は二リットルのペットボトルの麦茶を一日に三、四本空けながら読書に勤しむことにした。当時、まだモロッコで息をしていたポール・ボウルズをはじめ、かたっぱしからあらゆる本を読んだ。

私の人生の中で、あの一ヶ月間ほど、真面目に本と取り組んだ日々はない。そして、自分で決めた断酒の一ヶ月が終わった。いさんで、私は新宿二丁目の夜の町へ繰り出した。気がつくと、朝。私はなぜか二丁目から遠く離れた錦糸町の大きな交差点の歩道で横たわっていた。朝の人々の早足が目の前を通り過ぎる。ズボンのポケットには、一円の金もない。迷いに迷って、ようやくアパートへ帰れた時は、もう陽が陰っていた。そして、私の肝臓の数値は、たった一夜で断酒前へと戻っていた。私、「無常」なる言葉を、己が肝臓で痛感させられた。

二度目の断酒はそれから十年程してのこと。それは、私の意志によってではなかった。喉にガンが見つかり、否応なく大学病院へ入院する羽目に陥ったからである。私と同年輩の男の医者は、今日にでも入院しろ、そうしないと、いつ呼吸困難で死んでもおかしくないぞ、と忠告してくれた。しかし私、待ってくれ、と懇願した。入院する前に、すべきことがある。三日、待って頂けないだろうか？　ま、お仕事の都合もあるでしょうからね、と医者は言った。私は神妙に頭を下げた。けれども違ったのである。入院となったら、酒が飲めなくなる。急にそんな状況に置かれるのは、私としては納得いかなかった。もう充分、というくらいに飲んでから囚われた人となろう！　かくて、その日から三日間、私の自宅では昼夜を問わず、ガン・パーティーが催され、膨大な量のアルコールが消費された。忙しいはずの、さまざまな職業に就いている友人たちも、「ガンだから」と電話口で言うと、我が家へ駆けつけてくれた。ガン、って、強い意味を持つ病名なのだなあ、と、感心した。そして、たらふく、焼酎やらビールやらワインやらウイスキーを飲みきり、私は病院内のパジャマの人となった。なって、二日目の夜である。私は全く覚えがないのであるが、病室で寝ていた私を、けっこう強烈な、私にとって初めてのアルコールの禁断症状がやって来た……後から、看護婦や妻から聞いたところによると、深夜、病室のベッドで眠っていた私は突然、目を開き、力づくで両腕に何本もつながれている点滴のチューブを引きちぎり、血をだらだらと垂れ流しながらナース・ステーションへ行き、「ここからすぐ出ろって、宇宙からの電波がぼくに言うんです」、とのたまったそうな。気づくと、とりあえず呼吸を楽にする為にと、喉に小さな穴が手術で空けられていた。恥ずかしかった。どんな事態となっても、自分だけは「電波が……」とか「テレパシーが……」などと口走ることはないと信じていたからだ。

そして、今回の断酒である。これは、自分の意志というか、なんというか……。

ガンの手術を終え、もう三年が経とうとしている。退院する時に、若い男性の医者に言われた。この手術をした患者さんは声が出なくなっちゃうから、そのストレスでひどいアルコール中毒になる方がとても多いんです。気をつけて下さいね。しかし、こちとら、ガン以前からアル中である。生活形態はなんら変わることはないであろう。

自分の予想通り、私は病院から帰宅したその日から、焼酎を舐めはじめた。声と同時に嗅覚も失ったので、さして舌の上ではその液体は美味ではなかったが、胃の腑にぽっと小さな火がともったようになり、自分の顔に笑みが浮かんだのがわかった。そうやって、ろくに仕事もせず、焼酎浸りの毎日。原稿の依頼がまるでないのだから、仕方がない。そんな夫に妻は何も言わなかった。まあ、私の性格、いいかげんにしなさいよ、などと注意されたら、ぷいと玄関を開けて外に出、知ってる飲み屋を転々として三日は帰らない人となるだろうが、しかし、何も言われないというのも不気味なものである。私が妻の立場であったなら、夫がガンであろうがなんであろうが、とっくに堪忍袋の緒を切らしているはずで、第一、生活費はどうなっているのかが、不思議。手術以降、私には収入はほとんどないのに、テーブルには食事が毎日現れ、部屋から焼酎のボトルがいなくなることもない。その点につき専業主婦である妻に何度か尋ねてみようと思ったが、なんか、怖いのでよした。すべての疑問は焼酎の中へ投げ込んだ。けれどもである。今年の四月半ば頃であったろうか、私自身の体と頭が悲鳴をあげた。頼む、しばらく焼酎は口にしないでくれないか、と。確かにここ半年、焼酎はすっかり不味い飲み物となっていた。ただ、ガンの再発に怯えてしまう心、仕事をしていないことによる不安、そういった現実から逃れる為のみに、起きている間中、焼酎を啜《すす》っていた。そんな主人に、体と脳が突然の直訴に及んだのである。私は肯定した。正直、アルコールで体はもうへとへとだったのである。自分でもこれ以上飲み続けるとどうなるであろうか察しはついていた。

今日からしばらく酒はやめる。と私は妻に言った。あくまでも、しばらく。前みたいに、一ヶ月！ と言いきったり、焼酎を捨てることもしなかった。自分という人間が、少しわかってきたためである。無理は禁物。断酒初日は、妙に昂揚し、久しぶりに原稿用紙何枚かに、何やら文字を書き連ねた。精神科医はよく、禁断症状は酒をやめて三日後か四日後に大きい波を伴って来る、と言う。だから、二日目に早々と体の中からふつふつと沸きあがってきた禁断症状に対し、私は、まだまだ、と解釈した。本物はこれからだ。全身から止むことのない脂汗を流し、大きく貧乏ゆすりをし、わけもなく指を震わせている夫に、妻は、大丈夫？ と訊いた。まだまだこれからだ、と口を開き出ない声で夫は答えた。入院中の頃と違い、一秒一秒、意識があるのが辛かった。さて、宇宙から電波が送られてくるのは、明日かあさってか……三日目、パジャマをたちまちのうちに脂汗はぐっしょりと濡らし、苛々する気持ちはもう頂点に達しようとしていた。体の中から毛穴を通じて何かが出ていき、体の中が乾いていくのがわかった。苦しい。目の前のテーブルには焼酎のボトルが置かれてある。今、これに手を出せば楽になれるよなあ……しかし、それはしなかった。妻に軽蔑されたくなかったからである。今、ここでグラスに透明の液体を注いでも、多分、妻は批判めいたことは何も言わないことはわかっている。だからこそ、だ。だからこそ、そんな妻の前で酒に負けたくはない。なんか私、断酒プレイなるSMプレイに興じている気がしてきた。苦しい。確かに苦しい。そしてそのたった二日で舞い降りた苦しさは、自分の退院後の生活が産み出したもの。自業自得。だが、その自業自得の苦しみのずっと奥の方に、それに耐えている自分の姿が見えてかすかな喜びに似たものを覚えているのも事実であった。人生の全ては、SMプレイに通じているのかもしれない。

しかしだ、この苦しみ、どうにか和らげられないものだろうか？　去年、飲み屋の階段から落ちて亡くなった作家の中島らもが、生前、氏が断酒中に私に語ってくれたことがあった。酒をやめる秘訣はな、酒の代わりになるキックを自分に与えてやるんや。タトゥーとか、ピアスとかな。君も酒ばっかり飲んどらんと、ヘソにピアスでもつけてみい。酒、やめられるで。

それを思い出し、だけれども、自分はちょっと、タトゥーやピアスを体に入れる気にはならない。第一、面倒臭い。他に、キックの術《すべ》はないものか？　考えている私に、夫の心中を見てとったのか、不意に妻が言った。父ちゃんの国語辞典、もうボロボロだねえ。そうなのである。私が愛用している岩波国語辞典・第二版は、使いだしてからもう三十年以上が経っている。どの頁も今にも剥がれそうで、妻が必死にセロハンテープを使って補修をし、なんとか今日に至っている。

そうだ！　辞典を買い換えよう。唐突に私は思い、禁断症状でおぼつかない足をなんとか一歩、一歩と進めて本屋に行った。

驚いた。岩波国語辞典。もう第六版へと成長し、私の持つそれよりも判型は大きくなり文字も大きく読みやすく、勿論、収められている言葉も大幅に増えていた。それを手にした時、はっきりと私の体は、中島らも言うところの、キックを受けた。

自宅に戻り、椅子に座り、買ってきた第六版と、今まで世話になったぼろぼろの第二版を撫でさすっていると、次第に脂汗がひいていき、気持ちが落ちついてきた。

宇宙からの電波は、やって来なかった。

断酒は、六日で終了した。酒にも、妻にも負けたとは思っていない。その証拠に、六日ぶりの焼酎は、美味であった。

（岩波国語辞典・第六版を使用して書いた初めての原稿です。第二版は仕事机の上で六版と共に仲良く並んでます）

恩師の肛門を想う

高校の同級生から葉書が来た。故郷の駅前のホテルで同窓会が開かれるという。ついてはお前も出席しないか？　男子校であったので、少なくとも私に限っていえば甘酸っぱい思い出というものは皆無であるが、それでも机を並べていた時の顔、顔が思い出された。あれから幾星霜？　その若き顔たち、多分に私と同様に額が大幅にその面積を広げたり、コレステロールが体中に充満したりとすっかり変貌をとげているに違いない。会ってみたいな、旧友たちに、と思った。しかし、大丈夫か？　と私の体が私に尋ねた。喉の悪性腫瘍（個体の中に発生して、自律的な異常増殖をする細胞の集まり「岩波国語辞典」）の手術をして以来、運動不足のせいでめっきり体力が衰えた。近所の大学病院に地下鉄で行くだけでほうほうの態をなす始末である。おまけに喉の中にある器官のあらかたを除去した為なのか、気圧の変化に喉を中心に体が悲鳴をあげるようになった。生まれて四十数年、気圧などというものは言葉は知っていても、身近に感じたことは一度もなかったのに……やはり、人間はできる限り生きている方が楽しい。何か、それまで知らなかったことが明日に待っていてくれる。

体力にも自信はなかったが、その気圧の方が私を故郷へ帰ることを逡巡させた。故郷までは現在起居している東京から、新幹線で二時間程の時間を要する。その新幹線の車上の人となることに私は怯えたのだ。

病院から生還後、一度だけ新幹線に乗ったことがある。行き先は大阪。ずっと贔屓《ひいき》にしていたプロ野球チームが消滅することとなり、なんとしてもそのチームの最後の最後、ファームの最終ゲームだけはこの目におさめておきたいと意を決して東京駅へタクシーを飛ばしたのである。新大阪駅に着いた私はホームに降り立つなり、文字通り、崩れ落ちた。吐き気と全身を包む痛みで、久しぶりの大阪の街がかすんだ。同行した妻は車中で酒を飲み過ぎたからだと同情のかけらも見せなかった。しかし、飲んだと言ってもたかが缶入り酎ハイを五本ぽっちである。そんな量で、週に三度は近所の診療所で肝臓の数値を下げる為にぶっとい注射を打って貰っている私が、倒れるわけがない。新幹線の構造、及びそれが乗客に与える影響については全く知らず、また知る気もしないが、しかし、「飲み過ぎよ！」と相変らず主張する妻の横、ホテルのベッドで体をくの字に曲げて目を瞑《つむ》る私は声帯をそっくりなくした身ながら、全身全霊を込めて無音で、「違う！　新幹線の中の気圧のせいだ！」と叫んでいた。第一、考えてみれば時速約二百キロの乗り物の中にいて、体に異常をきたさない方がおかしいのである。妻をはじめとして、そんな乗り物の中で座ったまま三時間も移動したというのに、へっちゃらな顔をしている人々の方が自分に疑問を持つべきである。彼らは文明に毒されていることを知らないのである。

というわけで、今の自分、大阪の正反対の方向にある故郷へ無事に辿り着く自信は毛頭ない。同窓会の通知の文面を目で追いながら、残念であるがそれに顔を出すことは諦めた。同窓会に出席して、そこで苦し気にうずくまったりしたら、ただただ皆の迷惑、ひいては和やかな再会の場の雰囲気をぶち壊すことになりかねない。

人はできるだけ生きるべきである、と前述した。だが、それは良しとして、時には自分が存在しているだけで人様の迷惑になるということも悟ってなければいけない。

ふっ、手術で喉に穿《うが》たれた肉穴から軽く溜息をついてその葉書を、やや悲しい想いで居間のテーブルにそっと置こうとした私であったが、ふと、友人からの手書きの文章の末尾が目に入った。

なお、W先生は痔のため、自宅療養中とのことです。

実に簡潔と言おうか、味もそっけもない一行であったが、私はその一行から目が離せなくなり、何度も読んだ。

なお、W先生は痔のため、自宅療養中とのことです。

W先生は、私が在籍していた高校で、現代国語と古文を教えていた。生意気絶好調であった少年は、現代国語を人に押しつけられることなどちゃんちゃらおかしくて机の下で文庫本を隠し読んでいた。古文の授業は先生の口から発せられる言葉が読経としか思えず、教科書の上で熟睡し、よだれを垂れ流していた。いずれの場合も授業中に広辞苑で頭を打たれたものだった、したたかに。頭の中がぐわらんぐわらんとしたが、しかし、先生があの分厚い広辞苑を片手で持って殴りに来たのには感嘆したものである。思えばあの頃、先生は二十代半ばでまだ独身。力が全身にあり余っていたのであろう。

また、先生は私が所属していた軟式庭球部の顧問でもあった。私が二年生の夏前、あっさり次々と最後のインターハイへの予選を負けた先輩たちが引退すると、なぜか先生は、さしてテニスが上手ではない私をチームのキャプテンに任命した。生意気絶好調であった少年は、自分の実力を棚にあげ、権力を握った喜びに有頂天になった。そして、私は体育会系とはこういうものぞ、と、後輩たちに優しかった先輩たちから何も学んでおらず、部員たちを朝と夕に一〇キロメートルを走らせたり、ちょっとでも反抗的な目をした部員は殴る蹴る、ファシストと化した。それまでも自分に人望というものがないことは薄々と肌で感じてはいたが、そんな人間がそのような振舞い。当然、人心は離れ、気がつくと軟式庭球部のコートにはラケットを手にした私だけが立ち尽していた。一人で、テニスはできない。そんな私を相手にネットの向こうでラケットを振ってくれたのが、W先生であった。先生は広辞苑を片手で振り回す握力はあったが、私から見ても運動神経が良いとは思えなかった。目クソ鼻クソ、というコンビであったが、しかし先生は毎日放課後、一人ぼっちの私の練習に日が暮れるまでつき合ってくれた。

今、思う。先生がキャプテンに私を名指しした時点で、先生は私にそれからの生きる術、そして、世界というものはいろんな人がいて成り立っているのだと教えてくれたのではなかろうか。二人きりの練習が三ヶ月ほど続いた頃、先生と私とのコート上でのあまりの滑稽ぶりに同情したのか、新たな好奇心を生じさせたのか、一人、二人と部員が戻ってきた。あれ以来、私は人を殴ったことはない。その代わり、二十歳を過ぎて同棲するようになった女性からとびっきりの暴力を毎夜のように受ける運命に陥ることに私はなるのだが、それはまた、別の話。

しかし、なんといっても、私が高校を三年間で（同級生たちよりはやや遅れたが）卒業できたのはW先生のおかげである。ある一人の教師と、私は入学以来実に、折り合いが悪かった。まあ、ほとんどの教師とは少なからず折り合いは悪かったのだが、その教師とは特別に折り合いが悪かった。その教師は全教師の中でも実に温厚、多分ほとんどの生徒に好かれていた。私も別に彼の人格が嫌いではなかった。ただ私にとっても彼にとっても不幸であったのは、彼が日本史の教師であったということである。当時、私はわけもわからずに学生運動とやらに憧れていた。そして、わけもわからず、自分は大学生になったら日米安保闘争に参加するのだ、そのために大学に入るのだ、と考えていた。予備校で安保闘争をしてもちょっと格好が悪い、それぐらいはわかっており、なんとしても一九八〇年の安保闘争を大学生として同志と共にかいくぐらねば、とマルクスやレーニンをちょびっとだけ読んだ。結局、その夢は実現しなかったのだが、それはまた、別の話。

とにかく無意味に、或るパンクロックグループに熱狂するかのごとく、体制なるものに反発することに燃えていた。であるから、その日本史の教師の、教科書通りに読み進める権力者だけの歴史には腹が立ち、W先生の古文の授業のように眠ることもできず、とうとう、卒業試験で白紙答案を出した。用紙の裏側には、いかにあなたの授業がつまらないか、現実を見ていないか、ということを横書き一杯に綴《つづ》った。

もしかすると、「あなたには歴史の教師としての資格がない」と書いちゃったような……当然、教師は激怒した。そして卒業式の朝、やれやれこれで高校生というものからはおさらばだと清々しい気分に浸っていると、校内放送で日本史の教師から私は職員室に呼ばれた。人間が本当に怒っている顔を初めて目撃した。君はぼくが目の黒いうちは絶対に卒業させません！と彼は唇を震わせて宣言した。熱血政治少年の志、たちまち頓挫。すみませんでした、どうか卒業させて下さい。だって、一九八〇年はすぐそこなんだもの。いつまでも高校生をやっているわけにはいかない。しかし、日本史の教師は決して許してくれなかった。せめて追試を、と頼んでも彼は首を縦に振る気配すら見せなかった。呆然として校門を出た私、その青褪めた長男の顔に重大なことを察し、どうしたのか？　と訊く母親にも何も答えられない。夕御飯も全て残した。来年は後輩たちと机を並べることになるのかあ……そこに電話が鳴った。受話器を取った母が私に告げた。W先生からよ。

先生が言った。三日後に日本史の追試だぞ。範囲は教科書全部だそうだ。頑張れ。どうやら職員室で失意の私を見るに見かねて先生が日本史の教師に頼んでくれたようだ。いやあ、一冊の本を寝ることもなく読み、そこに記されていることを覚えたことはあれが最初で最後であろう。そして、なんとか私は卒業証書を手にすることができた。

そのW先生が痔かあ、私は想いを故郷へ馳せた。あの広辞苑を振り回していた先生ももう五十歳半ばのはずだが、退職するような歳ではなかろう。それが、自宅療養とはその痔の加減、よほど悪いのであろうか？　もしそうなら、手術はしたのだろうか？　その辺のことには同級生は一切触れていなかった。だが、と私は考えた。今、痔の治療は実に進歩しているらしい。というのも、私の父親と弟も重い痔を患っていたのだが肛門科のドアを叩き、一回の手術で長き悩みから解放されたことを私は知っているからである。術後も一週間ほど入院したぐらいであった。それが自宅療養中とは、さては先生、肛門科を訪れていないな。私は推察し、眼鏡を掛けて二十代というのにもう頭髪に陰りが見えていた先生の顔を思い浮かべ、そういえば妙に臆病なところのある人だったよなあ……きっと、明日は治る、明日は治ると呟きながら市販の薬を頼りに日がな一日、布団の中で俯せの状態で時の流れに耐えているに違いない。まだ働き盛りの教師が教壇に立てない。その心中やいかばかりか。

ああ、私に声があれば、と心の底からこれほど無念に思ったのは術後以来、初めてである。声が出せればすぐにも先生の自宅に電話をし、奥さんに先生を肛門科に明日にでも引っ張っていくようにと諫言《かんげん》できるのに。代わりに妻に電話をして貰う手もあるが、先生の奥さんと妻は一面識もない。自然、その会話は不自然なやり取りになることは想像に難くなく、そんな電話をするのは嫌っ、妻がまず拒否するだろう。ならば手紙という手段もあるが、それだとやけに重々しく先生の精神に余計なプレッシャーを与えかねない。

ただただ自分の無力さを痛感し、故郷から遠く離れた空の下で先生の肛門を案じた。

すると外出していた妻が帰ってきた。

「はい。頼まれたもの、買ってきたよ」

手渡されたのは薬局で売っている痔の座薬が入った箱だった。私はそれを持つとそそくさと寝室へ行き、下半身を丸出しにするとしゃがみ、白い座薬を己が肛門に挿入する作業に入った。

そこにはガンを告知された時には即時に手術を受けることを決意できたのに、肛門科に行くことにはどうも踏んぎりがつかない男の姿があった。

座薬がスムーズに肛門に収まった時、なんとなく先生の肛門と自分の肛門、いや、先生の心と自分の心が通じ合ったような気がし、私は私なりの無言のエールが先生に届いたという手応えを覚え、やっと心が穏やかになった。

新宿の森

二週間前、私は大変であった。時は夕刻、私は原稿書きの仕事の為、机に向かっていた。すると玄関の開く音がした。「ただいま」。妻が夕食の買い物から戻ってきたのである。たまには夫らしく妻を、お帰り、出迎えてやろうかと思った私は、胡坐《あぐら》をかいていた椅子から降りようとした。

どすん！

そんな音が妻の耳に入った。続いて、椅子らしき物が床に倒れる金属音。何事か、驚いた妻はビニール袋を提げたまま廊下を急ぎ、私の仕事部屋のドアを開けた。そこには、我が夫が体をくの字に曲げて転がっていた。

そう、私は床に足を下ろした瞬間、とてつもない痛みが両ふくらはぎに走るのを覚え、そのまま体を崩れ落とさせたのであった。

「どうしたの!?」、私に近寄りしゃがむ妻の両手には、中身のつまったビニール袋がまだ握られていた。

どうした？　と尋ねられても、こちらは喉の病気で声帯を失った身。自分の体に起きた異状を説明すること適わず、ただひたすら両手でふくらはぎを揉みさすり、あまりの痛みに目尻から涙を流し床を濡らすのみ。だがそこは十年以上も夫婦をやっている間柄だ。妻は夫に何が起こったのかすぐに察し言った。

「攣《つ》っちゃったってわけね……足……」

こくん、こくんと従順に頷く夫。

「だからいつも言ってたじゃない。たまには散歩でもしなさいって。なのに外に出ようともしないんだから。完全に運動不足よっ！」、足をさすってくれながらも妻の鼻息は荒い。なぜ妻は、私が苦境の淵に立った時に限り、どうして同情をしてくれず怒るのであろうか？　それは私の妻だけの特性なのか？　それとも妻という人種全てに共通するものなのか？　一度世の中の夫たちに訊いてみたい。

そんなわけで、翌日から私は妻を伴い、発病前は日課であった、自宅マンション近くの新宿御苑という高い塀で囲まれた公園の、大外廻りの遊歩道のウォーキングを、三年ぶりに再開した。いや、呆れた。何にって？　自分の体力のあまりの凋落ぶりに。まず体が重い。当然だ。手術前より十キロ以上も体重が増えたのだから。水に浸した褞袍《どてら》を三、四枚着込んでいるようだ。よって足の進みはのろく、すぐに息が切れる。気づくと、もうつき合っていられない！

とっとと妻の背中は遠ざかり、樹々に囲まれた曲がり角で見えなくなる。かつては立場が逆だった。おまけに休み休み、ペットボトルの水を飲みながらも一周するのが精一杯。軽く三、四周していた自分は、いずこへ？　「糖尿病」、なんて文字が頭をよぎる始末である。

それでもここ二週間、なんとか毎日、私と妻の午後の散歩は続けられた。


目が覚めた。手術以来、もう慣れたというか諦めたというか、いつもの首から肩にかけての鈍い痛みで、目が覚めた。夕べの焼酎と睡眠薬がまだ脳の底に残っている手応えがあり、再び眠りに就こうかどうか迷ったが、寝室の静かな薄暗さ、昼も大分過ぎたであろうと起きることにした。

ベッドを出、居間に入るとそこも静かだった。

そうか、と私は気づいた。今日は妻が買い物以外に一人で外出する特別の日。父親に会いにいく日、であった。

私と妻が出会った頃、とうの昔に妻の両親は離婚していた。それでも私たちが結婚を決めた時は、義父と義母は一緒に会ってくれて、私は別々に挨拶する手間が省けて助かった。その頃、義父は警備会社に勤め、義母は総合病院で介護士をしていた。ほどなくして義母は介護をする側から介護をされる側へと立つ位置を変えた。肺ガンだった。病院の方針で告知は本人にされず、代わりに私と妻が医者から患者の事情を聞くこととなった。持って、あと三ヶ月でしょう。その夜、娘は離れ離れになって久しい父親の六畳一間のアパートを訪ね、そして父親の行きつけの焼き鳥屋で突然舞い降りた事情を話した。日本酒を冷やで飲みながら、六十歳の男とその娘は周りを憚《はばか》らず号泣した。

医師の予想に反して義母は三年間生き、そして死んだ。小春日和の青空に向かって、葬儀場の煙突から白い煙がゆらゆらと昇った。その日、死んだ女性の元夫と、娘の目に涙はなかった。

しばらくして、義父から妻に電話があった。うん、そう、うん、うん、妻は言葉少なに手にした受話器に対して応じていた。

じゃあね、電話を切った妻に私は尋ねた。

「お義父さん、どうしたの？」

「会社を辞めさせられるんだって。仕方ないよ。もう歳だし」、淡々と妻が答えた。

「生活はどうするんだよ」、と私。

「貯金と退職金と年金があるから大丈夫だって」、妻がテレビの画面に目をやり言った。けれども、それまでは向こうから全く連絡なんかしてよこさなかった義父から妻へ、二ヶ月に一度、電話が来るようになった。そのたびに妻は「あ、お父さん？」と応じ、「わかった。じゃ、明日、四時にね」と言って受話器を置くのであった。

必ず四時だった。そして、「明日、お父さんの所行ってくるから」と妻は私に告げるのであった。それに対して私は、うん、と応じるのみ。何も訊いてはいけないような気がしたし、妻も何の用事で父親に会いにいくのか決して口にしないのであった。

そんな恒例の日が今日であったわけだ。

私は居間の天井の二つの円形の蛍光灯のスイッチを押すと、十一階の窓から外を見た。空気がうっすらともやっており、眼下の御苑の樹々の緑が、素人の描いた水彩画のようにつまらなく淡かった。大きなガラス窓を開けて狭いベランダへ出ると、霧雨が、私のその面積を確実に広げ続けている額を濡らした。

どうしようか？　私はテレビの横の置時計を見た。三時を少し過ぎている。御苑は入園が四時までで、四時半には全ての外へ向けられた門が閉まる。今日ぐらいは散歩を休んでもいいかな、と思った。体は寝起きで、だるいし、額に手をやると心なしか熱っぽい気がしないでもない。もう月は十一月に入り外気は肌寒い。それでなくとも、私は手術で喉に小さくない穴を穿《うが》たれており、首から吊るしたガーゼで保護はしているものの、冷気は簡単に入りやすい。そうなると風邪、下手をしたら肺炎。しかし私はジャージに着替え、分厚いコートを羽織りスニーカーを穿いた。どうも私は自分で一度決めたことには（仕事と禁酒を除き）強迫観念のように縛られる癖《へき》がある。それに、一人でもちゃんと歩いたことを後で妻に自慢をしたい気持ちもあった。私はビニール傘を広げてマンションを出た。

御苑の入り口で身障者手帳を広げると、係の人間は「どうぞ」とゲートを開けてくれた。病気前は毎回二百円の入園料を払っていたのだが、声を失くしたら無料《ただ》になった。自分が選ばれし人間になった感じがして、少し胸を張って樹々の中へと歩を進める。

平日でおまけに天気が悪いせいだろう。御苑は我が家の居間よりも静かだった。植物と遊歩道がそこにはあるだけで、人間の姿が全くない。そりゃそうだ。こんな雨の煙る日に、わざわざ金を払って公園に来るめでたい人間はそういないだろう。私と違って、世の中は忙しいのである。この広い御苑、つまりはほとんど私の貸し切り状態であることに気づいたのだが、そんなに嬉しくはならなかった。

いつも通り、右回りで私は遊歩道を歩きだした。何も考えなくとも体がもうそういう仕組みになっている。中、三年のブランクがあっても。しかし、少し歩くと耳慣れない音が聞こえてきた。ブルドーザーが動いているような工事の音。なんだろう？　すると私の前に大きな看板が立ちはだかった。

苑内改修工事のため通行禁止！

そこには大きな黒い文字でそう記されてあった。

仕方なく私は今来た道を戻り、目に入った横道に足を踏み入れた。見たことのない風景が、道がそこにはあった。アスファルトの細い道。その上に両側から覆い被さるようにしている鬱蒼とした黒い常緑樹の葉、葉。

考えてみれば私はいつも常に自分で何気なく最初に選んだ道だけを、今まで歩いてきたのであった。その道以外の苑内の道を自分が知らないことに、私は気づいた。

私は道は通っているものの、森と形容しても決しておかしくない眼前の世界にたじろいだ。まるでその向こうでは、かつてイギリスの劇作家が生み出した三人の予言師の老婆が、にたりにたりと待ちかまえているように思えた。けれども私はその中へ入っていった。せっかくここまできたのだ。小さな工事ごときに負けたくはない。厚い雲の上からうっすらと届く陽の光というものは、やむ気配のない小さな雨粒の中にあるだけだった。

このまま歩いていけば、どこかで知っている道、馴染みの大木に出会えるだろう。そう思い、スピードはかんばしくはないが、それでもそれなりに、ぐんぐん、私は歩いた。広いとは言っても、所詮は都心の公園。たかが知れている。

幾つかのゆったりとした曲り道を曲がっただろう。その度にブルドーザーの音が大きくなったり小さくなったり。時折、公園の横を走るＪＲの電車の音が間遠く聞こえた。しかし、なかなかいつもの道、いつもの森に出会えない。方向感覚などとっくに私はなくしていた。

すると、ピンポーン、ピンポーン、電子音のチャイムが私の頭上に響いた。

「只今、四時になりました。当園は四時半で閉園とさせて頂きます。お客様はお帰りの準備をなさって下さい。繰り返します――」

私は焦った。そしてやみくもに歩いた。体全体が汗ばむのがわかった。陽の光は雨粒の中からも消えようとしている。ブルドーザーの音も消えた。やがて、残っている客はいないかどうかパトロールする車のエンジン音らしきものが聞こえ、そちらの方へ走ったが車の姿はどこにも見つからなかった。

そしてである。……がしゃん、がしゃん、幻聴だろうか、御苑の全ての門が閉じられる音が汗だくの私の耳に届いた。

ビニール傘を片手に、私は都心の深い森の中、立ち竦んだ。急に雨足が強くなってきた。足の裏から、今まで感じたことのない恐怖が沸き起こり、雨と冷気に凍える全身を包んだ。樹々の間を縫って、何棟もの高層ビルの窓の明かりが見えた。

シャル・ウィ・断酒？

西新宿の大学病院を出た所で声を掛けられた。昨日までは小雨が間断なく降り続いていたのだが、今日の空は青く、綿アメをちぎったような雲がゆっくりと流れていた。

「牧野さん」

斜め後ろからの声に彼は足を止めて振り向いた。薄ピンクと白のストライプのワンピースを、光沢のあるピンクの大きなスカーフで大胆に腰の部分で縛っているトレーシーが微笑んで両手をひらひらとさせた。

「やあ。久しぶり」、牧野はトレーシーに近づいた。「妙な所で会ったね」

「女性ホルモンを打ちに来たの」、そう答えたトレーシーのワンピースはこんもりと盛り上がった胸の分け目まで覗かせており、彼女の小さな小さな喉仏が陽に反射して眩しかった。

「牧野さんどうして病院へ?」

即答しづらい質問だった。「ちょっとね」

牧野は言い、「時間、ある?」と訊いた。

肩胛骨のあたりまで伸びている黒髪を右手で触れながら、「大丈夫よ」とトレーシーは頷いた。二人は通りを隔てて立つ二十二階のオフィスビルの裏側にあるオープンカフェで、午後のひと時を過ごすことにした。向かう途中、急にビル風が吹き、「きゃっ」と言ってトレーシーはスカートを押さえた。

店の外にアトランダムに置かれたテーブルと椅子。カフェの開け放たれたドアに近いテーブルを選び、二人は腰を降ろした。黒いエプロンを腰に掛けた給仕がやって来て開いたメニューを二人の間に置き、「御注文が決まりましたらお呼び下さい」と言った。メニューを見ずに「黒の生ビール」と牧野が告げた。「じゃ、わたしは」とトレーシー、「ハーフエンドハーフで」。

建築上の工夫のおかげか、高層ビルに囲まれているのに、この一帯にビル風は吹いてこない。その代わり、雨があがったのを喜ぶような優しい風が頬を撫でていく。

「女性ホルモンってずっと打ち続けなくちゃいけないの？」

「うん。普段は月に一回だけど、季節の変わり目はもっと……オチンチンを取ると体が気候の変化に敏感になるのよ」

トレーシーはテーブルに置いたハンドバッグからメンソール入りの煙草を取り出し、細長い金色のライターをかちっと言わせた。

「ぼくにもくれないか？」

「あら、やめたんじゃなかったっけ？」

「今日は吸いたい気分なんだ」

五年ぶりの煙草は牧野に軽い目眩を与えたが、肺は煙を抵抗せずに快く受け入れた。

「小説の方は進んでるの？　書き下ろしに取り掛かっているって、どっかの編集者から聞いたけど」、トレーシーが白い煙を上品に開けた唇の間から吹き出した。指に挟んだ煙草の吸い口が深紅の口紅で汚れていた。

「駄目。今年に入ってから三枚しか書いてない。ぼくには才能なんて、端《はな》からなかったんだ。よくわかったよ」

「焦っちゃ駄目よ」、ベビーシッターの口ぶりでトレーシーが言った。「焦りは禁物」

飲み物が運ばれてきた。二種類の、微妙に異なった色合いの液体を入れた、二つのビールジョッキ。その表面に浮かぶ無数の水滴は、梅雨の谷間の陽の光を吸収し、透明なビーズ玉に見えた。じゃ、と二人はグラスを掲げ、ほんの少し目配せを交わした。ジョッキをテーブルに戻すと、牧野は口髭についた泡を舌で舐め取り、トレーシーは白いフリルのついたピンクのハンカチで唇を軽く押さえた。トレーシーのグラスもハンカチも口紅で汚れた。

「きみは御活躍じゃないか」、牧野は心から素直にトレーシーに言った。「いろんな雑誌できみのイラストを見るよ。そうそう、なんとかっていう化粧品のテレビコマーシャルもきみの絵だろう？　ほら、女の子二人が都会や高原の中をドライブするやつ」

「わたしはもう、仕事をするしかないの」、トレーシーの口調は投げやりだった。

少し間を置き、牧野は訊いた。

「トオル君とは上手くいってないのか？」、トオルとはトレーシーの同居人である。確か青山のブティックで働いていると聞いた。

「出てったわ」

トレーシーは牧野の目を見据えていった。

牧野は別に驚かずに、「そりゃまたどうして？」と尋ねた。人間、四十半ばまで生きると、自分の場合を含め、人と人との別れはそれほど大きな意味を持たずに耳に響く。この辺の、感覚の摩滅具合が、自分の小説家としての限界を示しているのかもしれない。と、ぼんやりと牧野は思った。妻から別れ話を切り出された時も彼は他人事のように妻の動き続ける唇を眺めていたし、実際に妻が家を出ていった時も彼は泣かなかった。ましてや、そのことを小説にしようなどとは考えもしなかった。自分と妻との別れ話など、人様にとってはどうでもいいお話だと思ったものだ。

「やっぱり」とトレーシーは言った。「歳の差かしらね。十歳も離れていると、いけないとわかってはいても、ついついやかましくなっちゃうのよ。彼の生活ぶりというか、そのなんて言えばいいのかしら？」

「することなすこと、何から何まで？」

「そうそう！　トオルにとっては、わたしと暮らすってことは恋人というより、小姑と暮らすようなものだったのかもしれない」

「ふーん」

「トオルも辛かったんだと思う。でもいざ出ていかれると、ショックよね。雨の降ってる間中、わたし、泣き続けたわ」

「え？　じゃあ、最近のこと？」

「うん。五日前」

「そりゃまた……」、牧野にしては珍しく、目の前の元男性でその本名を訊いたこともない、しかし一緒に仕事をして以来の長年の友人に対して同情した。特に季節の変わり目だ。ホルモンのバランスから言っても、さぞかし悲しい出来事であったろう。

「けど、今日は久しぶりに晴れたから、出てきたの」

「女性ホルモンを打ちに？」

「そう。女性ホルモンを打ちに」と答えるとトレーシーは愉快そうに笑った。「お洒落でしょ？」

「うん。とっても」と牧野は力強く言った。

テーブルの上に、二杯目の二つのジョッキが置かれた。

「牧野さんはどうしたの？」、再びトレーシーが遠慮がちに訊いてきた。「どこか、体の具合でも悪いの？」

「いや、体はどうでもないいんだけど……いや、体が悪いのかな？　やっぱり」、牧野は曖昧な返答をした。そうとしか言い様がなかった。

「このところ、ウツ気味でね。特に雨が降りだしてからは極端に落ち込んじゃってさ。こりゃたまらんなあって、精神科にちょっと顔を出したんだ。昔、やはりウツの時に、面倒を見てくれた医者がいるんでね」、牧野は説明した。

無言でトレーシーが、しかし心のこもった相槌を打った。まるで自分のことのように、目の黒い部分が心なしか濃くなっていた。

「そしたら、これをくれたよ」、牧野は横の椅子に置いてあったショルダーバッグの中から、一本の茶色の小瓶を取り出し、テーブルの中央に置いた。

「何、何?」、トレーシーが小瓶に顔を近づけて目を細めた。彼女の黒髪が風に揺れて、きらきらと光った。「シアナマイド? 何、これ? なんかの薬?」

「抗酒剤。それを飲んでから酒を飲むと、すっごく気分が悪くなって吐いちゃうんだってさ」

「どうしてまた……そんな薬を……?」、トレーシーが怪訝そうに言った。

「ぼくは典型的なアルコール依存者なんだって。アル中だね。そしてウツの原因も酒だって。それどころか、このまま飲み続けると身も心もぼろぼろになって死んじゃうってさ。それでこの薬を頂戴したってわけ。死ぬまで酒は口にするなって医者は言いたかったんだろうなあ。トレーシー、アルコール依存者の平均寿命って知ってる?」

「知らないわ」、喋る牧野よりも浮かない顔になったトレーシーが、呟くように言った。

「五十一歳だってさ。つまりぼくの場合、あと四年だ。けど考えてみれば変な話だよな。人間、何も酒だけで死ぬわけじゃない。交通事故にあったり、何か厄介な病気に罹《かか》るかもしれないわけだし」

そこまで言い、牧野はトレーシーの表情が初夏の光の中で、無惨なまでに暗くなっていることに気がついた。そして牧野は彼女が必要以上に相手の身になって物事を感じる性格《たち》であることを思い出した。つまり、今のトレーシーは、陽気なふりをして喋っている現在の自分の鏡なのだ。そう気づくと、牧野は自分自身にうんざりとし、この話を切りあげることにして茶色の小瓶をバッグにしまった。

三杯目のジョッキを空にすると、二人は立ち上がった。

「これからどうするの?」、牧野はトレーシーに訊いた。

「サンダルを買いにいくの! とびっきり素敵なサンダル! そしてね」とトレーシーは言うと、茶目っ気たっぷりに牧野の耳に真っ赤な唇を寄せて囁《ささや》いた。「それを穿いて新しい男を見つけるの」

牧野は、「がんばれよ!」、片手を振ってトレーシーと別れると、踵《きびす》を返してカフェの店内に入りカウンターのストゥールに腰を掛けた。

「バーボンをストレートで。えっ、何？　ああ……なんだっていいよ、バーボンなら」

目の前に置かれたショットグラスをつまむ牧野の手が震え、琥珀色の液体が牧野の人差し指を濡らした。

座談会

永沢光雄さんの奥さんである恵さんと、この本の担当編集者の浅原と襖を開くと、すでに中沢慎一が一人待っていた。

「もう！　先に来てたぞ」

暖房の効いていない殺風景な座敷の隅から、コアマガジン社長が声をあげた。テーブルの上にはまだ何もない。

「ほら、偉いだろ。探してきたんだよ」

そのテーブルの上に中沢は、『ビデオ・ザ・ワールド』に連載していた、永沢光雄のＡＶ女優インタビュー、第一回目のコピーを広げてみせた。

ほどなく松沢雅彦と川崎美穂（『バースト』、『バースト・ハイ』での永沢の担当編集者）が現れる。少し遅れる平野彰久を待ちながら、さっそく飲みはじめる。焼酎のウーロン割りを、恵さんが慣れた手つきで作ってくれる。恵さんは髪を切り、化粧をして、以前とは別人のようだ。

しばらくして巨漢の平野が、ムスッとした顔で登場。平野と永沢さんは、大学時代からの長いつき合いだ。会社で席を隣にする松沢によると、ここ三週間ほどずっと、ムスッとしたままだという。

それから四時間近く、平野の馬鹿デカイ地声と笑いが響き、中沢は怒鳴り、松沢は暴露し、恵さんはボトル四本分のウーロン割りを作り続けた。

曽根　ひとまず、それぞれの永沢さんとの出会いから語ってもらえますか……と。

平野　出会いだけで二時間半はかかるぞ。それだけで終わるぞ。

中沢　まあ、会社（白夜書房）に入ってからにしよ。

永沢 恵
永沢光雄の妻

曽根 賢（ピスケン）
『バースト・ハイ』編集長

平野彰久
『漫画パチスロ実戦裏テク攻略！』編集長

八十二年、二十二歳で永沢さんは白夜書房へ入社。その頃の白夜書房は、『写真時代』、『ビリー』、『ヘイ・バディ』、『ビデオ・ザ・ワールド』等の、今や伝説的な雑誌が売れまくっていた、第一期黄金期であった。永沢さんは、今はなき『ベスト官能』、『ルポルノマガジン』という官能小説&告白誌の編集部に配属される。

松沢 当時の編集長のMさんが、別の雑誌を立ち上げることになって、まだ下について四ヶ月の永沢さんに、「あとはヨロシク」と。それで、印刷の四色分解も知らずに(笑)、永沢さんは、いきなり編集長になったわけ。

平野 まだ活版の頃で、ロットリングの軸をボキボキ折りながら版下作ってた(笑)。

松沢 俺は永沢さんの一年ぐらい後に入社したんだけど、編集長時代の永沢さんはごく普通にコツコツと真面目にやってたよね。雑誌も部数が二誌合わせて十万部あったし。部下も三人いて、「高卒の俺の下に、法政大卒の奴が来たと思ったら、なんと今度は学習院出が来たぞ」って(笑)。

中沢 ウツで休職したのって、会社始まって以来、奴が最初だったな。

松沢 三ヶ月ぐらい休んだよね。部下がいたからそれだ

松沢雅彦
『ビデオメイトDX』編集長

中沢慎一
コアマガジン社長／『ビデオ・ザ・ワールド』発行人

け休んでも大丈夫だった。編集者としての永沢さんは、誉めるのが上手なタイプだったね。人をけなすぐらいなら無視してた。

平野　すごく不器用だったな。ヌードの撮影でカメラマンに、モデルの毛を剃れって言われて、案の上、ザクッて(笑)。

中沢　俺は部署が違ってたから、永沢の編集者時代って全然わかんねぇんだよな。

曽根　生前、編集者時代のことを永沢さんから聞いたことないんだよな。永沢さんて白夜書房には何年いたの？

平野　辞めたのが二十九だから七年かな。

曽根　タイムカードが会社に置かれるようになって、「エロ本会社に何がタイムカードだ」って怒って辞めたって聞いたことがあるんだけど。タイムカードの機械で会社の玄関のガラスをぶち割って(笑)。

松沢　それはSさん(笑)。永沢さんはちゃんとタイムカード押してたもん。タイムカードっていや、Sさんの部下で、部屋に時計がないからって、家に持ち帰った奴がいたらしい。でもタイムカードの時計って、一分ごとにカチャッて音をたてるんで、「うるせい！」って神田川に捨てちゃったってさ(笑)。

曽根　永沢さんはなんで辞めたのかなぁ。

松沢　飲むと、「物書きになりたい」とは言ってたよね。

平野　三十歳がタイムリミットだと決めてたようだね。それで、俺は小説家になるぞって、原稿用紙買ってさ。それも紀伊國屋の一番いいやつ。当時一緒に住んでたRちゃんに万年筆買ってもらって、座卓まで買ってさ。でも書きやしない！　どんどん原稿用紙にホコリが積もってく(笑)。

曽根　永沢さん、万年筆なんて使ったことあるの？

永沢恵　書くのはいつもシャープペン。原稿用紙はコクヨの一番安いやつ。最後の最後に、コクヨの一番高いやつにしてました(笑)。

平野　辞めて丸一年は、なんにも仕事してなかったね。犬の散歩して、Rちゃんに一日五百円もらって、その金を貯めて酒飲んでるなんて言ってた。でもさ、それって実は全部ウソ！　あの人は大学の頃はもちろん、働いていた時も、ずっと仙台のお母さんに仕送りしてもらってたんだから。給料なんて全然関係ないの。百万もらったボーナスで、八十万の犬買っちゃうんだから。お金に不自由したことなんてないよ！　お母さんは、「光雄はわたしより先に死ぬはずだから、お金だけは出す」って。だから永沢さんは、お母さんが生きてる限り、お金で苦労するわけないんだよ（笑）。

永沢恵　結婚するってお母さんに伝えたら、「大変でしょ、恵さん」って、次の月から仕送りが二十万。でも『AV女優』が売れたら、仕送り終わっちゃった（笑）。

中沢　原稿の売り込みも、一度もしたことないよな。

松沢　作家になるって言ってんだから、書かなきゃダメじゃんって、俺の雑誌（『ビデオメイトDX』）でコラム書いてもらったんですよ。映画『仁義の墓場』について。それにものすごい時間かけてさ。

平野　永沢さんは読者以前に、眼の前の松っちゃんだったら松っちゃんと勝負だって人だから。『ビデオ・ザ・ワールド』のインタビューなら、中沢さんにだけは面白いって言わせたいがために全力で書く。金じゃなくて、顔の見える編集者を楽しませることに、ものすごい労力をかけるんだよ。例えば、フランス書院の三十万の校正仕事は一日半で終わらせて、『熱烈投稿』の一色見開きに一週間かけたりする。そういうところは偉い。でもホントいいかげんな人だったけどね（笑）。なんせ、フリーライターとして、松っちゃんの『ビデオメイトDX』でインタビューの仕事を始めた最初の時、上京して二日目の俺をムリヤリ仕事の待ち合わせ場所まで連れてってさ。いきなり俺のことを「ライター助手です」って紹介して、みんなが「えっ？」って（笑）。

松沢　その前からしつこく言ってたんだよ。カメラマンやヘアメイクにアシスタントがいるんだから、ライターにもアシスタントがいるのは当然だって。当然なわけねぇだろって（笑）。

平野　でも取材先までの車に乗れないから、「あとで絶対、埋め合わせするから、ここはひとまず」って帰されて。けっきょく夜の十一時ぐらいに帰ってきて、「下にタクシー待たせてるから、さぁ、飲みにいきましょ」。もちろんタクシーなんて待たせてねぇんだけど（笑）。

曽根　その頃から酒はかなり飲んでるの？

平野　あの人は二十四時間飲んでるの！　酒飲まないと書けないんだから。そういえば、エロ本の正月企画で、着付けのことを書かなきゃいけなくて、図書館から着付けの本を借りてきたのはいいんだけど、飲み屋に忘れちゃってさ。次の日の昼過ぎ、二人で慌ててタクシーでその店に行ったら閉まってて、ガラスの向こうのテーブルにその本があるわけ。そしたら、「平野悪い。本当に悪い！悪いけど今日中に原稿片づけたいから、なんとかここ開けてくんない」って。しょうがないからなんとかサッシごとはずして開けちゃったんだけど、永沢さん大声で、「泥棒じゃないですよ！　泥棒じゃありません！　自分の本を持ってくだけですよ！」って中に入ってさ（笑）。

曽根　『AV女優』の元になったインタビューは、まず『ビデオメイトDX』から始まって、それから『ビデオ・ザ・ワールド』に移ったのってどうしてなのかな？

松沢　俺が新雑誌を作ることになったのと、下の奴らがちょうど辞めちゃったのが重なって続けられないなって時に、中沢さんがうちでやりたいってことになってさ。

中沢　『ビデオ・ザ・ワールド』では、それまで俺がインタビューしてたんだけど、いいかげん聞くことがなくてつらくなってた時でさ。永沢のインタビューは読んで面白いって思ってたから、うちでやんないかって。

曽根　『AV女優』のインタビューって、要所要所で入る中沢さんのコメントも面白いんだよね。

中沢　だって永沢のインタビューって、全然進まないんだもん、しょうがねぇだろ。

松沢　中沢さんは待てない体質なんだよ。でも俺は待てる体質。

中沢　待てなかったなあ。取材するたび、俺がコメント入れて進めてたんだよ。

松沢　俺はカメラマンとしてその場にいるんだけど、中沢さんが女優に聞きはじめると永沢さんは黙っちゃう。とりあえず言わしておこうと。女のコは考えてる間が一分の時もあるし、三分かかる時もあるんだよね。でも中沢さんは、何度もAV女優を取材してるから、「こうだろ!?」って先に言っちゃうんだよ（笑）。

曽根　中沢さんは永沢さんのインタビューの何が良かったの？

中沢　永沢のインタビューは、俺が読んでた普通のインタビューと違って、AV女優に対して対等の立場でモノを聞いてた。普通のインタビューは昔も今も、AV女優に対して見下したもんがほとんどなんだよ。「どうせ、お前らは売春婦だろ」なんて見下し方でさ。

松沢　そんなことないよ（爆笑）。

中沢　そんなイメージあんだよ。「どうせお前ら大学も高校も出てない馬鹿だろ」って、そんな眼が感じられんだよ。

松沢　中沢さんだけじゃないの(爆笑)。

中沢　違うよ！　俺はそんなこと思ったことないよ！　だいたいAV女優のインタビューは、セックスの話さえ聞いとけばいいやってとこがあったのに、永沢は違ってた。永沢はAV女優と対等の関係だったよ。カラダ張ってるってとこに本人は、同じ目線を持ってたんだろうな。

平野　永沢さんはAV嬢じゃなくても、インタビューではどんな人に対しても絶対的に一緒だった。差別や区別はなかった。

曽根　でも永沢さんて、本質的にAV嬢のこと嫌いだったんじゃない？

平野　嫌いだよ、たぶんね。

松沢　セックスには否定的だったよね。セックスしまくってるとか。言葉に出しはしないけど、男優とか大嫌いだしね。セックスに流れてしまう人間が信用できないんだよ。

平野　「俺以外はみんなセックスしてる」って思ってた(爆笑)。「俺はセックスしてないのに」って。あの人、一緒にソープランドに行ってもセックスしない人だったよ。金を払った後も、待合室のソファから一歩も動かなかったりして。「ここに女のコを呼んで下さい」って、それって単にイヤガラセじゃねぇかって(笑)。永沢さんの場合、AV女優と対等の目線、感情移入できない目線、その二つがあるからいいインタビューになるんだよ。対象に同化しない。常に自分は、道化の第三者であるというポジションを崩さないんだ。

中沢　根っからのインタビュアーだったよ。だってさ、二時から始まって五時間かけるんだぜ！　俺はさ、毎回マネージャーを帰す努力をするんだけど、それでも帰らないマネージャーがいるんだよ。三時間もするとさ、早く終われ、まだこんなくだんないこと聞くのかって、そいつが無言で机を蹴るんだよ。でも、永沢は動じないんだよな。俺なんてあせるよ。

松沢　女衒《ぜげん》嫌いだから。でも、それでインタビュー謝礼の相場が上がったんだよ。

中沢　俺は永沢のために、それまで二万だったとこを三万にしたんだよ。

松沢　それが今の業界の相場になった(笑)。
中沢　俺だって五時間もかかるなんて言えねぇからさ、三時間ぐらいって言ってたんだよ。でも三時間じゃ終わんねぇんだよ。で、マネージャーはガンガン机蹴るわけ。
曽根　女のコの方は？
平野　だって自分のことを話したい、見て欲しいってのが女優だろ。
曽根　インタビュー中もずっと酒飲んでるわけでしょ。女のコやマネージャーからイヤミとか言われないの？
平野　ガンガン飲むわけじゃないしさ。コーラ飲んでんのと変わんないんだから。
松沢　聞いてるうちに、そのコの個人情報になるわけだけど、そこでやめるのが永沢さんは嫌いだった。
中沢　俺はね、九十二年から八年間、永沢の連載やってて、一度も事務所に原稿チェックさせなかったのが誇りなんだよ。今は原稿チェックがあるからな。ウワサでは書かれたくないことが書いてあったとか、聞こえてきたこともあったけどさ。でも永沢の原稿が良かったから、正式な抗議は一度もなかったよ。他のライターのインタビューでは、呼び出されて金とられたことあんだけどさ。
曽根　あんだけの人数にインタビューしたんだから、その内の一人ぐらいは、惚れたことなかったのかなぁ？
一同　それはないよ！
中沢　やっぱ、あんなに聞いたら、そのあと誘ってセックスしたいなんて思わないよ。
松沢　なんでセックスなの(笑)。
中沢　別のインタビューでは、後でセックスしたことあるけど、永沢のは、あんなになんでも聞いちゃうとスル気になんないよ。
松沢　余談だけど、中沢さんはAV女優と後日会う時は、映画観にいこって誘うんだよ。だいたい渋谷なんだけどさ(笑)。普通、映画観て食事してってなるのに、一番先にセックスするらしい。あっ、そういえばインタビューで、墓場まで持っていこうって話がありましたよね。超大企業の会長の娘だって聞かされて。
中沢　天下のKだよ(笑)。
松沢　永沢さん、「君も言っちゃダメだよ」なんつって。けっきょく墓場まで待っていったね。
中沢　でも、しんどかったよ。インタビューできる女のコつかまえてくんのが。五時間もかかるわけだし。AV

女優は親バレが怖いから、出身地は書くなとかさ、制約が多いんだよ。でも永沢は上手くすり抜けてたよな。

松沢　クワガタのような形をした県とか(笑)。

平野　中沢さんもプロダクションに、「いろんなこと聞いちゃうけどいい？　家とか、生まれた場所とか、うーん、セックスよりそっちの方が大切だから」(笑)。

中沢　それ喋れないって言われたら五時間もたないんだよ。だってあいつ、セックスの話とか聞かないんだから。

曽根　その頃の永沢さんは締切りを守ってましたか？

平野　遅れる理由が、「練馬に発生したツェツェバエにやられて、僕は一歩も立てなくなりました」(笑)。ある時期、ちょっと俺、永沢さんの家に住んでたことがあってさ。主《あるじ》のいない部屋に帰ってきたらば、凄い量の留守電が入ってて。聞いてみたら、「えー、中沢です。今日は二時からインタビューです。電話下さい」「中沢です。そろそろ女優が来るって時間なんだけど」「あの来たんだけど、どうしてんのかな？　電話下さい」。次に松っちゃんの声で、「平野くん、平野くんいるかな？　大至急、大至急電話下さい」(笑)。「平野くん、すごい急ぎ、急ぎなんだよ。三十分以上待たせてます。すぐ連絡下さい」「今日はやめました。女優は帰りました。それでもとにかく電話下さい」(笑)。そんで最後に中沢さんから、「永沢、どんなことになってるのか電話だけよこせ」。その後で俺、メグちゃん（永沢恵）のとこに電話したら永沢さんが出たから、今日どうしたの？って聞いたら、「今日はねぇ、すごくいい天気でねぇ。メグさんと一緒に公園を散歩して、トンカツを食べに行きました。すごく旨いトンカツ屋でね、今度お前に食わせてあげたいなぁ」(笑)。今日ね、インタビューじゃなかった？「……あっ！　なんでもっと早く電話くんないの。こんなこと生まれて初めてだよ……俺、心に誓った！」何？「トンカツは食わない」(笑)。それで後日取材し直した後で中沢さんに「今月は原稿料いりませんから」って言ったら、中沢さんは「来月からは、ちゃんと来いよな」って。そしたら俺に「あいうとこがさぁ、グサッとくるんだよなぁ。トンカツは食えないって思うじゃん」。知るか！って(笑)。

松沢　『ビデオ・ザ・ワールド』の原稿料って、中沢さん十万円払ってたんだよね。

一同　おお！

平野　三ページ十万円は、うちの会社じゃ破格だけど、他の会社じゃあたり前だよ(笑)。

曽根 『AV女優』はどんないきさつでできたんですか。

松沢 フリー編集者の向井さんって人がいてね、古本屋で『ビデオ・ザ・ワールド』を買って、その中の永沢さんのインタビューに惚れ込んで、ぜひこれを本にしたいって。で、いろいろあって、発行元になるヴィレッジセンター出版局の中村社長が、あるパーティーで永沢さんを見て、「あいつは面白い」って。そんな出会いから。

平野 永沢さんの評価は文章以前に、永沢光雄を好きになるか嫌いになるか、どっちかなんだよ。永沢光雄は太陽みたいなもんでさ。みんな引きつけられるんだけど、みんな燃えちゃうんだよね(笑)。

松沢 気になるんだよね、どうしても。俺もダメだけど、永沢さんはもっとダメだからって(笑)。

平野 だけど、自分のことはちっともダメだなんて思ってないんだよ！　俺だってやられたよ。大阪にいた頃、東京の永沢さんから電話がかかってきて、「昨日からさ、背骨が痛くて……あっ」とか言うのよ。「飲み過ぎじゃないすか。病院行けば」「一人じゃちょっと行けないな」「まわりに誰かいないの」「女房に逃げられたばっかかですから」「逃げてもう一年経ってるじゃん！」(笑)。で、そこで電話切りやがるんだよ。で、俺はわざわざ大阪から新幹線で東京まで来ちゃうんだよ。

曽根 それは平野さんや松沢さんの仲だからじゃない？

平野 いや、いっぱいいるんだよ、引っかかった奴らが。小中高、大学、編集者とかさ。フリー編集者が「こないだ永沢さんが、僕の前で泣くんですよね」って。そんなこと平気でやる奴なんだから！　そんなことでみんな「俺だけが永沢光雄の本当の部分を知ってる」って思っちゃうわけ。それでそいつは永沢の囚われの身となるんだよ。業界の奴らのキモを、ギュッとつかんで離さないんだよ。だいたい曽根さぁ、永沢さんに好かれてたと思う？

曽根 そりゃ、好かれてたよ。

平野 だろ、それは勘違いだよ(笑)。

曽根 あれっ、そうなの？　ウッソー！

平野 みんな自分だけはって、思っちゃうんだよ(笑)。

松沢 俺も、永沢さんの文章には俺の写真が一番合うって思ってたから、他の人の写真が載ってると嫉妬してたもん。

平野 話は『AV女優』に戻るけど、俺はあれをインタビュー本だと思って読んだことはないんだ。あれは小説本だと思ってる。短篇集だよ。永沢さんも短篇小説を書く気で書いてたしね。短篇らしく最後のオチを迎えるために、その前にどういう風に場をグッと締めるか、考えに考え抜いて。あの人のノートを見ると、すごい量の文章が書き連ねてあってさ、そこから推敲に推敲を重ねて。原稿書くのに、テープを三日聞いて起こして、その後また三日推敲してから、ようやく書きはじめるわけ。

松沢 そうそう。いま思い出したけどさ、『AV女優』の時、「これは向井と松沢の本だ」って言って、俺にも印税くれたな。

曽根 『恋って苦しいんだよね』も『愛は死ぬ』も、連載時の担当編集者の川崎に、印税が割かれてるからね。そんな著者いないよな。

平野 それにしても俺、曽根と川崎にびっくりしたことあんだよな。編集長と担当編集者だよ、永沢さんのとこに打ち合わせに来てさ、二人ともカラッケツなわけ！ そんで飲み屋や寿司屋をハシゴして、そのまま永沢家に泊まってさ、次の日、帰りのタクシー代三千円借りてやんの(笑)。

川崎 そろそろ次の店に行きましょうか？

曽根 ここでいいじゃん金ないし。そういや、永沢さんの通夜はすごかったね。俺と浅原が下足番を終えて、寺の大広間にいったら、もうすごいことになってんの(笑)。

浅原 社員旅行の大宴会だよ、あれ。

永沢恵 ビールだけで、一五九本！ 葬儀屋さんにこの記録はもうやぶられないでしょうねって言われた(笑)。

曽根 あれだけの人間が、「俺だけが永沢さんの本当の姿を知っている」って、飲んで騒いでいたわけだ(笑)。俺も浅原もあの日、受付係やって、それが終わって今度は下足番しろって言われて……でも永沢さんの通夜なんだから、俺たちがやるのは当り前だって思ったもんな。

浅原 でもあれから朝まで二人で泥酔したよな。四十過ぎて、まさか下足番するとは思わなかったって(笑)。

曽根 永沢光雄に謀られた！ってな(笑)。

平野 だからそういう人なんだって(笑)。

司会・構成　曽根賢（ピスケン）
二〇〇六年十二月二十七日　高田馬場「海の家」にて。
『バースト・ハイ』vol.16に掲載されたものを再構成し収録。

本書は、季刊『バースト・ハイ』(コアマガジン)2003年vol.4から2006年vol.15まで連載されたものを収録した。

永沢光雄（ながさわ・みつお）
1959年宮城県生まれ。大阪芸術大学芸術学部文芸学科中退。大阪で演劇活動をした後、上京して白夜書房に入社、雑誌編集に携わる。退社後は、風俗やスポーツの分野のノンフィクションを手がけ、インタビュー集『AV女優』（96年）で脚光を浴びる。以後、インタビューの仕事を数多く手がけるが、2002年下咽頭ガンにより声を失う。近著に初の小説集『すべて世は事もなし』（01年）、闘病生活を赤裸々に綴った日記『声をなくして』（05年）などがある。2006年11月1日死去。没後、短篇小説集『恋って苦しいんだよね』（07年）が刊行された。

愛は死ぬ

2007年4月3日　初版第1刷発行

著　　者　永沢光雄

装幀・撮影　井上則人
編　　集　浅原裕久　加藤基
編集協力　川崎美穂
発 行 者　孫家邦
発 行 所　株式会社リトルモア
〒151-0051東京都渋谷区千駄ヶ谷3-56-6
電話　03-3401-1042
FAX　03-3401-1052
e-mail　info@littlemore.co.jp
URL　http://www.littlemore.co.jp

D T P　株式会社昇友
印刷・製本　凸版印刷株式会社

ISBN978-4-89815-205-8 C0093